1927,
我是鲁迅,
我在广州

吴小攀 著

花城出版社

中国·广州

图书在版编目（CIP）数据

1927，我是鲁迅，我在广州 / 吴小攀著. -- 广州：花城出版社，2024.5
ISBN 978-7-5749-0251-0

Ⅰ．①1… Ⅱ．①吴… Ⅲ．①散文集－中国－当代 Ⅳ．①I267

中国国家版本馆CIP数据核字(2024)第088378号

出版人：张　懿
责任编辑：陈诗泳　邱奇豪
责任校对：汤　迪
技术编辑：凌春梅
装帧设计：集力書裝　彭　力
插图绘制：马钰涵　尹丽芳　彭暄童

书　　名	1927，我是鲁迅，我在广州
	1927, WO SHI LUXUN, WO ZAI GUANGZHOU
出版发行	花城出版社
	（广州市环市东路水荫路11号）
经　　销	全国新华书店
印　　刷	广州市岭美文化科技有限公司
	（广州市荔湾区花地大道南海南工商贸易区A幢）
开　　本	787毫米×1092毫米　32开
印　　张	4.125　3插页
字　　数	60,000字
版　　次	2024年5月第1版　2024年5月第1次印刷
定　　价	39.80元

如发现印装质量问题，请直接与印刷厂联系调换。
购书热线：020-37604658　37602954
花城出版社网站：http://www.fcph.com.cn

鲁迅，1927年8月19日摄于广州

序

周令飞

像吴小攀这样以第一人称写鲁迅,我很少见到。

很多关于鲁迅的文字流于表面。小攀敢于去挖掘鲁迅的内心世界、深处思想、情感活动,这是一种很好的探索。

这种探索有一定的难度。在这个过程中,需要作者掌握大量的素材,还要对鲁迅的整体性格、为人处世、时代背景,进行仔细地揣摩、推敲,在虚与实之间寻求平衡,从而刻画出一个比较准确的鲁迅形象。

我希望这样的探索能够更多一些,以有助于理解鲁迅,还原一个真实的立体的鲁迅。

作为鲁迅的后代,我和父亲及其他家人一直努力探寻一个"真的鲁迅",向公众展示一个"人间鲁迅",在广东文学馆设立"鲁迅家"展览厅即是这努力的一部分。

总之,鲁迅的当下价值是毋庸讳言的,但这应该建立在真实的基础上。小攀这本书的启发意义就在这里。

目 录

1. 海上：厦门—广州 001
2. 大钟楼上的热闹与寂静 006
3. 心中的魔祟 015
4. 在初春，跌伤了脚 023
5. 香港之行 033
6. 开学典礼 038

7. 恋爱与革命 044

8. 移居白云楼 052

9. 不祥预感应验 056

10. 还能去哪里？ 061

11. 纷扰中的一点闲静 064

12. "你战胜了！" 069

13. 到上海去 076

14. 交接工作 083

15. 我恐怖了 088

16. 最后一星期 092

17. 又是海上 098

鲁迅生平简表 102

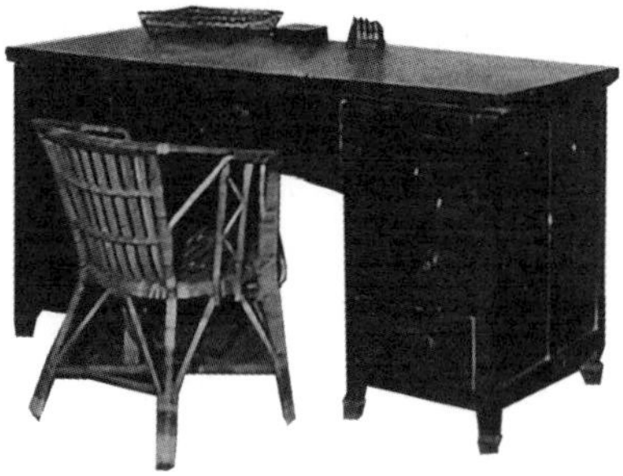

1. 海上：厦门—广州

告别厦门前往广州，对我^①来说是又一次逃亡或

---

① 鲁迅（1881年9月25日-1936年10月19日），原名周樟寿，后改名周树人，字豫山，后改字豫亭，又改字豫才，浙江绍兴人。1902年1月，考取日本公费留学，先入读仙台医学专门学校（现日本东北大学），后弃医从文。1909年8月归国。1912年，任中华民国临时政府教育部社会教育司第一科科长，8月被任命为中华民国北京政府教育部佥事。1918年5月，以鲁迅为笔名发表中国现代文学史上第一篇白话短篇小说《狂人日记》。1927年1月，到广州中山大学任教；同年9月，离开广州赴上海，并与许广平开始共同生活。1936年病逝于上海。

投奔。

　　生命已经过去了不止一大半了，但一切一直都在不确定中。行经之处，无不是沾粘不清的酱缸或沼泽，厕身其中，连自己都不闻其臭了。然而，自己又何尝干净过？什么地火啊，野草啊，年轻时候的暴烈轻狂不是消失，而是沉降，酝酿，变得更稠黏。

　　深夜也会恨自己，但又怎能恨自己？恨身外的世界，但又怎能恨这世界？燃烧吧，爆炸吧，心底里还是如十几年前一样禁不住呐喊。但是，另外一个自己又在嘲笑自己了。哼哼。

　　逃亡是今生的一种宿命。

　　天一直阴沉着，在默默中我将我的命数与天数暗合，或者简单地说吧，这天气也许象征并影响着我的心情。但我此刻的心情呢，是欢喜，或者郁闷？也许两者兼而有之？

　　把厦门扔在身后，把厦大一切现实争斗纠缠的嘴脸扔在身后，未尝不是一种解脱之道。从"苏州"轮上望出去，午后的厦门像一个可怜的弃儿，在阴冷中发抖，但竟也有几分楚楚的姿色。就这么在船上待了无聊的一夜。

1月16日中午，船才从厦门港缓缓开出，终于驶到大海上，速度加快了许多。

甲板上海风吹拂着脸庞，扫去了一些不愉快的情绪。因为船沿着海岸线行驶，一面是一望汪洋，一面却看得见岛屿。但毫无风涛，就如坐在长江的船上一般。小小的颠簸自然是有的，不过这在海上就算不得颠簸；陆上的风涛要比这险恶得多。

当年去日本留学时是第一次看到大海，但那时的心情一则前途未卜，去国怀乡，放不下家中父母兄弟；一则不免少年情怀，恨不得赶快逃离故土，奔往异域外乡，想不到几十年后还是一个人孤零零上路，还在逃异路，而父母兄弟则不再是慰藉，甚至是隔阂、恨意已深，前途仍然未卜。这海，这海。

同舱的一个是台湾人，他能说厦门话，我不懂；我说的蓝青官话，他不懂。他也能说几句日本话，但是，我也不大懂得他。于是乎只好笔谈，才知道他是丝绸商。我于丝绸一无所知，他于丝绸之外似乎也毫无意见。于是乎他只得睡觉,我就独霸了电灯写信。

广州,广州,广州。船在一寸寸地接近广州,也就接近了她,我的"广平兄①"。她是我的。

约定了两年不见的期限,然而人生如此煎迫,在厦门才四个多月的时间,孤寂的现实就令人如入樊笼。我的年纪不用说,她的年纪也是老大了,到偏居一处的广州或许是一个好的选择吧,那里还是她的家。广州还有"革命策源地"的美誉,也算是来见识见识革命大本营的阵势。这么多的理由,令广州成为一个新的未经历的温暖——虽然对于这温

---

① 许广平(1898年2月12日-1968年3月3日),字濑园,笔名景宋。广东番禺(广州)人,祖籍广东澄海。1923年考入北京女子高等师范学校国文系,成为鲁迅的学生。1926年,于北京女子师范大学毕业。1927年1月,在鲁迅到中山大学任教后,被中山大学文学系聘为鲁迅的助教;同年10月与鲁迅到上海正式同居。1929年,生子周海婴。1932年12月,与鲁迅的通信集《两地书》编辑出版。1949年后历任政务院副秘书长、全国人大常委会委员、全国政协常委、全国妇联副主席、中国民主促进会副主席、全国文联主席团委员等职务。

暖我也并不十分信。

我住的是唐餐间，两人一房。第三天，船泊香港，那个台湾商人上岸去了，所以我独霸了一间。至于到广州后，住哪一家客栈，还没有决定。有一个学生跟着从厦门来，我疑心他是侦探。大概是厦大当局所派，探听消息的，因为那边的风潮未平，他们怕我帮助学生在广州活动。我在船上用各种方法冷脸拒斥，至于恶声厉色，令他不堪，但是不成功。他终于嬉皮笑脸，谬托知己，并不远离。

此外还有三个学生，是广东人，要进中大的，我通知他们一律戒严，所以此人在船上，也探不到什么消息。

或许是我的敏感多虑？然而怎么证明是我的敏感多虑？我几乎讨厌起自己的矛盾了。然而我又能怎么做？

海上的月色是这样皎洁；波面映出一大片银鳞，闪烁摇动；此外是碧玉一般的海水，看上去仿佛很温柔。我不信这样的东西是会淹死人的。然而，它确实是会淹死人的。

2. 大钟楼上的热闹与寂静

厦门—香港—广州，走了整整三天三夜，漫长的海上旅行对于别人也许枯燥，于我却是难得的一种休息。免于与现实中种种人的应酬不断、种种事的缠杂不清，可以静静地想或不想，从北京绍兴县馆起已然习惯了这种一个人的沉静，甚至有点沉溺其中了。所谓苦尽甘来，苦没有尽，甘则在其中。

1月18日午后，在细雨中抵达珠江口的黄埔港。雨中的广州的码头也和厦门的码头一样简陋阴沉，几艘货轮不胜负荷的样子，发出"呜呜——"的汽笛声。但在隐隐中又似有不同，至少那江水也阔大浑浊一些吧。

随人流鱼贯下了大船，而后雇小船到市区长堤，提着的行李虽然不是太多，但也就近在码头不远处的宾兴旅馆住下。

广州人说的"鸟语"我听不懂，我说的带着腔调的官话他们也听不大懂，只好用手比比画画，有时遇上识得几个字的就掏纸笔写字。真是有口难辩。

当晚即一路磕磕碰碰地问过去，到高第街许地与分别已久的广平见面。我真是等不及了，不管她的家人对我们的事还有没有意见，不管那么多了，我要见她，我要给她一个惊喜。年纪大的人一动情也还是不逊色于年轻人，就像老房子着了火。

走过永汉路向西进了大南街，左转入巷，穿行完一条长长的小巷，南方幽静的青石板路有点像绍兴城里的路，不禁有一种归家的感觉；老榕树下高高的趟栊门半掩半闭，像是知道今晚我的到来。

自厦门别后将近一年，广平显得成熟干练多

许广平故居，位于广州高第街

了，昏黄的灯光下可以见到她略黑而饱满健康的脸，还有一股盈盈的暗香。

她是我的爱人。我的爱人。我的。

喜之不尽地凝视，她眸光闪动流连，一向大方泼辣的她竟也被看得不好意思，羞涩低眉：先生。我想拥她入怀，但没有。

第二天，伏园[①]、广平去到旅馆帮忙把行李搬入文明路的中山大学。住的是中大里最中央而最高的处所，统称"大钟楼"。伏园比我先一步到中大，任史学系主任，也住在隔壁。一月之后，听得一个戴瓜皮帽的秘书说，才知道大钟楼是最优待的住所，非"主任"之流是不准住的。但后来我一搬

---

① 孙伏园（1894-1966），原名福源，笔名伏庐等，浙江绍兴人。1911年年底，鲁迅任山会初级师范学堂监督（校长）时，孙伏园正在该校念书；1918年至1921年间，孙伏园在北大读书，鲁迅也在北大兼任讲师，主讲《中国小说史》。1926年冬赴广州，任《国民日报》副刊编辑，兼任中山大学史学系主任。1927年3月应邀到武汉主编汉口《中央日报》副刊。1949年后任国家出版局版本图书馆馆长。主要著作有《伏园游记》《鲁迅先生二三事》。

出，又听说原居室就给一位办事员住进去了，莫名其妙。

然而这优待室却并非容易居住的所在，至少的缺点，是不很能够睡觉的。一到夜间，便有十多匹——也许二十来匹罢，我不能知道确数——老鼠出现，驰骋文坛，什么都不管。只要可吃的，它就吃，并且能开盒子盖，广州中山大学里非主任之流不准住的楼上的老鼠，仿佛也特别聪明似的，我在别的地方未曾遇到过。到清晨呢，就有"工友"们大声唱歌——我所不懂的歌。

二十世纪二三十年代位于广州文明路的中山大学。鲁迅初到广州时住在中山大学的大钟楼二楼

因为距开学还有一个月,之后的几天大多是与广平、伏园一起聚餐饮茗看电影,还到北郊城外去游玩。新奇的南方环境,市场里售卖着的瓜果,新鲜的空气,盛开的野花,朋友与爱人相伴,没有同胞相煎、文人相轻的烦恼,人生如此,夫复何求?真的是一段偷来的时光,这样的日子可以一辈子过下去吧。

这里喝茶还分早茶与夜茶,而且不单是喝茶水,还吃各式蒸、煎的点心,人头涌涌,生活得很。

一个人的时候也收发朋友们的信件,这是我另一快乐的源泉,也是了解外界情况的途径。静夜时一般读书写信,构思文章;大钟楼陆续有相识不相识的人来访,白天来访的本省青年,大抵怀着非常的好意的。有几个热心于改革的,还希望我对广州的缺点加以激烈的攻击。这热诚很使我感动,但我终于说是还未熟悉本地的情形,而且这里已经革命,觉得无甚可以攻击之处,轻轻地推却了。那当然要使他们很失望的。

白天我一般迟起床。晚上周围静寂得很,大钟楼前经常是万人如海、围巾和旗帜齐飞的革命大操场也退让给这真实的夜。在潮湿的南方天空下，一支烟在手，昏昏的电灯光下些许落寞夹杂着些许慰藉，只是看着那些南方的蚊虫在灯下翻飞寻觅的舞姿也可耗去许多时间。

烟抽得多了，痰就多，咳嗽。其实早就半醒着了，一大早工友们的歌声照例嘹亮起来，似乎不把所有的人都吵醒了陪他们干活誓不罢休。翻身抓起桌上的闹钟，才知道上午十点多了，心里不禁有点懊悔。隔壁伏园和谁正谈笑着。在洗漱的时候，伏园敲门进来说是几个年轻人在等着见我。

三个年轻人中带头的是钟敬文[①]，据说在岭南大学任职。后来又进来一位叫黄尊生的，约我出席世界语的集会。于是大家一起随便聊。那个姓梁的年

[①] 钟敬文（1903-2002），原名钟谭宗，广东海丰人。毕生致力于民间文学、民俗学研究。先在岭南大学（广州）半工半读，1927年秋转入中山大学文学系任助教，与顾颉刚等人组织了民俗学会。曾就读于日本早稻田大学。后任北京师范大学教授，2002年1月在北京逝世。

轻人请我为《国民新闻》副刊写稿，我一下子还找不到灵感，一是近来时局平稳，二是对于这地方还陌生，从何谈起呢？这是堂而皇之的理由；不能说出口的是：我倒宁愿过着这种天下太平、日日游宴的日子。我刚谈到厦大国学院里北京来的以顾颉刚①为首的教授们的种种钩心斗角，钟敬文竟然天真地插嘴说：顾颉刚是个学者，不会这样吧？我冷冷地回道：如果真像你所说的，那就好了。

广平被中大文学系聘为我的助教，可以经常进出大钟楼。有时从家里给送午饭过来，有时还会带上她那个七八岁的小外甥一起来。让她不用为我的三餐费劲，我随便在街上大排档吃碗粥粉面什么的就可以饱肚了，她不听。在我眼里，她也还是小

---

① 顾颉刚（1893-1980），原名诵坤，字铭坚，号颉刚；小名双庆，笔名余毅等，江苏苏州人。中国现代著名历史学家、民俗学家，古史辨学派创始人，现代历史地理学和民俗学的开拓者、奠基人。1926年秋天，赴厦门大学任国学院研究教授。1927年4月，赴广州中山大学，担任图书馆中文部主任、史学系教授兼主任，代理语言历史研究所主任。1980年12月在北京逝世。

孩。小孩有小孩的可爱。

总之，到现在为止可以说，我爱广州。不仅仅是因为广平，而是这里弥漫着的那种真实的生活本身让我感动，没有虚假的高调的演说，也许有，但与百姓无关，他们在享受着日常生活本身。对比起北京，真的是天堂和地狱，那里所谓的家事国事天下事无一不透着一股拎不清的无耻和无聊。哈哈，所谓政府，所谓革命，所谓文学，所谓兄弟，所谓母子，所谓夫妻，是一些多么可笑的东西。这里是化外之地。

能和广平在一起吗？如何跨过这一步去？和广平在广州就这么一直住下去么？前路似乎触手可及？前路并不触手可及。

46岁的人了，有什么前路？

3. 心中的魔祟

平静的日子才这么几天就过完了,接踵而来的是开会,演说,题字。苦恼,但你又不得不参加,不得不说些话,无论什么话。

世界语这无关的时髦组织也找上门来,为的是欢迎一德国的世界语学者。我是"名人"了,名人就是一种摆设,大家小心地供着,供品是供完就拿回家自己吃的,不灵验了心里还要骂菩萨。

中大学生会的几个学生来过几次了,说要搞一个欢迎会。推辞了几次,但学生会一直坚持,只好

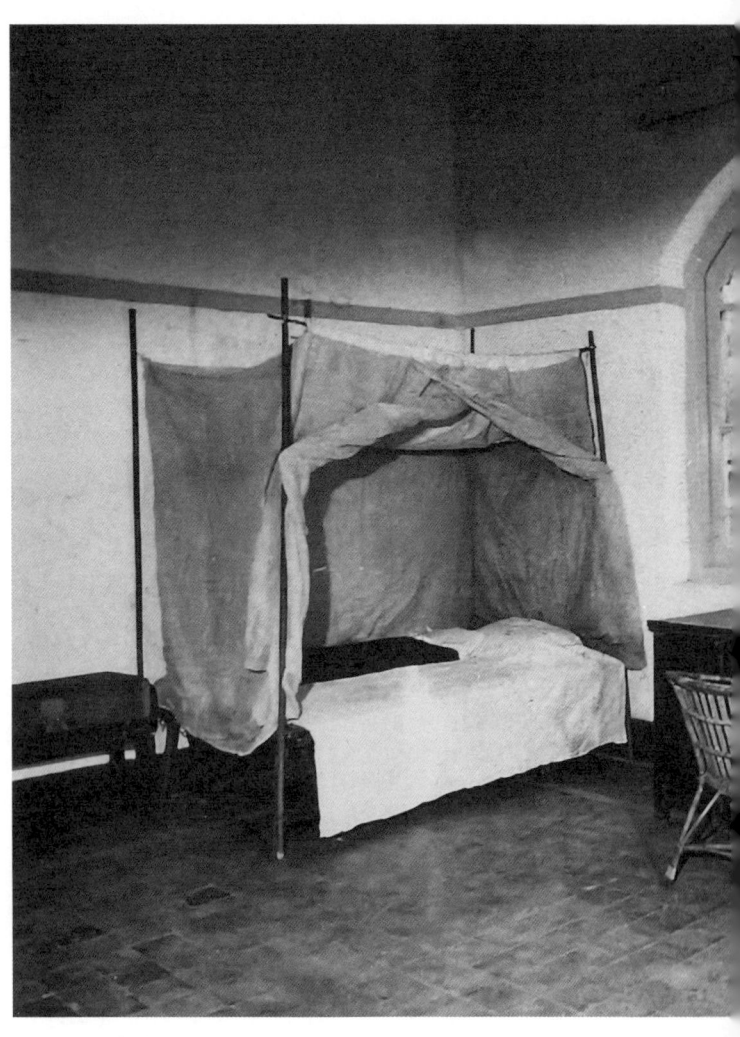

大钟楼内鲁迅的住室

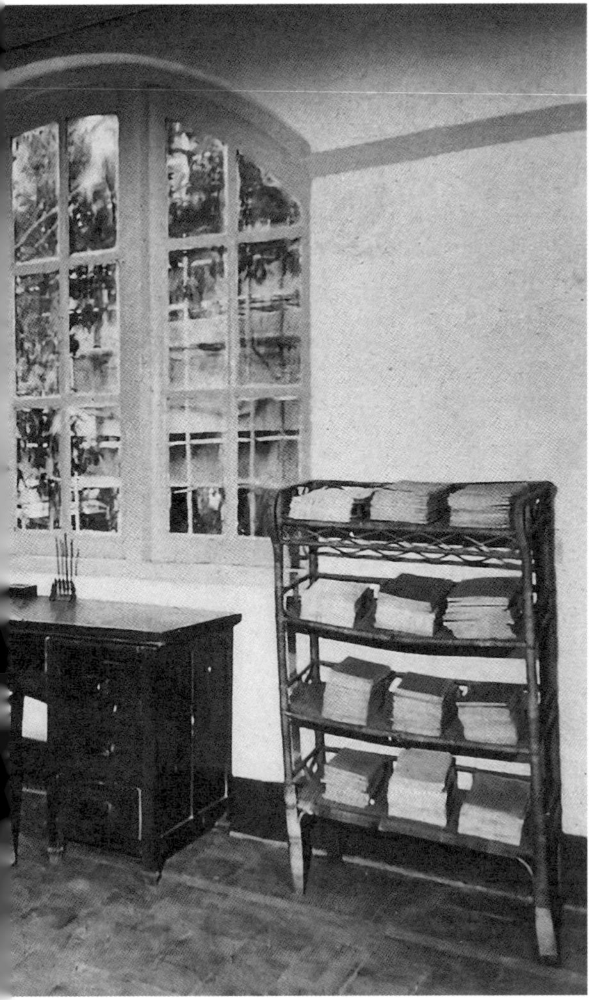

同意。欢迎会是在开过国民党"一大"的礼堂举行的，一百人左右吧，还没开学能有这么多人也算不错了。作为主持校务者，朱骝先[①]到会，他发言说我是战士、思想先驱，反封建不妥协。

我觉得这样的话有点虚了，接着讲话。这里广东人多，为了让他们听明白我的官话，不得不放慢速度：朱委员抬举我了。我不是什么战士、先驱者，如果是战士就应该留在北京；因为听说广东赤化了，所以来广州看看，果然满街的红标语，标语却是用白粉写在红布上的，红中带白。这是实话，但也许有人不爱听吧？广州地方实在太沉寂了，有声音的应该喊出来，因为现在不再是退让的时代，因为说话总比睡觉好。顶怕是沉静不作声，以至新

---

① 朱家骅（1893-1963），字骝先，浙江吴兴（今湖州）人。1926年赴广州，任广东大学教授。10月广东大学改称中山大学，朱任校务委员，主持校务。1927年，广州"四一五"反革命政变后，任广东省政府委员兼民政厅厅长，并任国民党中央广州政治分会委员；同年8月，改任广东省教育厅厅长兼中山大学副校长。1949年后曾任台湾国民党"总统府"资政。

其衣裳，旧其体肤。只要你喊，即使幼稚一点，也不是可羞的事。这也是实话。

但我自己何尝不是在沉寂中呢？我自己何尝不爱这沉寂的广州生活呢？虽然渐渐地也开始觉得无聊，就像那些夜间作祟的鬼影，那些心中却之不去的惘惘威胁，那些不知尽头和去向的生命的重压，那些自己也不能解释、无法看清、不想面对的魔祟，渐渐地，在这平和暖湿的南方又追附上自己日渐衰朽的躯壳。

"救救孩子"——孩子，他们会有希望吗？我们还不是从孩子成长而来，孩子还不是要成长为像我们一样的大人？

说话，说话，自己说的是话吗？

访客太多，诸多不便。学生领袖、学生代表、学校领导、教师代表、报纸编辑、电台记者，一批批九唔搭八的人，不知道从哪里冒出来，也不知道有什么共同话题和语言非得聚在一起。

群集终日，言不及义，比香烟还耗我的生命。不若我和伏园有一句没一句地闲聊；或者就只是和广平一起,我蹲着找乱七八糟铺了一地的书,她站在桌旁随手抓了一本什么杂志看,四方桌上的酒精炉里开水咕噜噜地开着,午后多么自在闲静。

而只要有一个客人到访,这一切自然就被打破,我还得跟他们介绍强装镇静的广平:这是我的学生。然后就是谈时政,谈革命,国民党,左派和右派,共产党……窗外,工会或农协组织游行的口号声似乎也配合着响起来。

有时,陆陆续续地来几拨人,会聚一起,欢谈不断。晚饭是一起出去到馆子里吃的,说是公平起见,菜牌转了一圈,每人点一个自己喜欢的菜,呼三喝四地点了一大桌子,还把广平恰好送来的土鲮鱼也拿到馆里下酒了。

席间,活泼的南方年轻男女们继续侃侃而谈,喝酒抽烟,我这老头子陪着他们谈时政或文学,而他们也许并不再像开头那样认真听了。广平则局促着,基本不太出声。

连所看的电影也极之无聊,什么《一朵蔷薇》,什么《诗人挖目记》,浅妄至极,往往是看到一半就走人。苦的是陪着看的广平、伏园，好在他们也一样觉得电影无聊。暗黑的南方的夜，和北方好像没有什么不同。

当然，我尽量不把这种灰暗的想法传染给广平，只令它们在我心里啃啮，冲撞。如果我自己不能战胜它们，怎么能有力量给广平以安稳的现世？然而我来寻找广平又何尝不是要借她的力量来战胜心中的魔祟寻得一个安稳的现世？

天气开始转晴，热气却像在心里袅袅蒸发似的。这样下去不行，须另设法避免才好，应该找些实实在在的事来做。

广州买书不太便当，买外国书更是如此，这于我有损。本地出版物，是类乎宣传品者居多；别处出版者，《现代评论》在寄卖处倒是很多。旧历年一过，北新拟在学校附近设一售书处，我想：未名社书亦可在此出售。于是便跟未名社的韦素园联系了一批书。

孤寂是同道少了，甚至连相称的敌手也没有一个。言语是一个问题，精神是另一个问题。也许我真的不是这里的人，或者不适合。但我怎么跟广平解释？难道像离开厦门一样再次匆匆离去？

掐灭这个念头。

好在季市①将来中大任教。希望他快快来。

---

① 许寿裳（1883-1948），字季茀、季市，号上遂，浙江绍兴人。1902年以浙江官费派往日本留学，入东京弘文学院补习日语，与鲁迅相识。鲁迅经许寿裳介绍先后到浙江两级师范学堂、教育部工作，两人成终生挚友。1927年年初，许寿裳应聘赴中山大学任教，讲授教育学与西洋史；广州"四一五"反革命政变后，许寿裳与鲁迅一起辞职；同年10月，蔡元培创办大学院并任院长，许寿裳应聘出任秘书长，并推荐鲁迅担任大学院特约著述员，月薪300块大洋。1948年2月18日，许在台湾大学宿舍被暗杀身亡。

4. 在初春，跌伤了脚

初春的南方真好，晴空万里，北方正是天寒地冻的时节。都是一样的中国，南方旧历年的气氛不比北方差。心急的小孩还没到年三十已经开始放起了炮仗，有的街道两边摆满了花档，路人手里要么是一束兰花，要么是几枝不知什么花杂在一起，还有的用人力三轮车运了含苞未放的一树树的盆栽桃花，或金黄的桔子，那是有钱人家的吧。

在这样温暖湿润的城市里，我是一个无关的过客。但我喜欢是一个过客，走在这样的街上，经常还有广平可以无所忌惮地陪着我四处逛，即使是一个人在走，也无须顾虑或牵挂，因为身边似乎全是无关的人，我反而是不劳而获地沾了他们的喜气了。可见做一个异乡人未尝不是一件好事。

春节，广平家里人来人往得帮忙，常常是拿一些据说是拜过神仙祖宗之类的应节食品过来，放下

20世纪30年代初的中山大学校门

没说两句话就走。伏园也有他的应酬。于是,在别人的热闹里,我反倒比前些时候空闲了,也就倒头大睡,或者也想一些似有若无的事,写得少了。

然而也还是有人来敲门,来了就是从"您来广州多久了"说起,或者是"您在广州觉得愉快吗",我不禁觉得好玩,这样答他:不能说愉快,

也不能说不愉快。

在访客中，短小精干的湖南青年毕磊来了几次，陆续送来他们编的《做什么》《少年先锋》等刊物。

中大校方也通知准备让我当什么"主任"，虽然此校的程度并不高深，但我也不至于立马就答应。

在闲而又杂、杂而又闲的生活中，一点都不记挂北京是假的。母亲年纪已大，而自己作为长子迄今居无定所，行踪飘摇，难尽孝道；从教育部离职，再加上与广平一事的风波，家家团圆之日竟为异乡之人！快过年了，如此异乡人有何"快乐"可言？但团圆了就会快乐吗？从阿Q时代起，就知道了也未必。兄弟怡怡之梦破，被家中日妇所逐，即是明证。

大年三十，骝先特遣人邀我至他家中吃饭，同坐八人。酒酣耳热，觥筹交错，环珮叮当。

我以酣然大睡迎来1927年的农历新年。睡至午后，广平来敲门才起床，她送来了四样食品。我洗漱，她像个老妈子在一边忙着点火烧开水，一边把饭菜铺开，然后帮着铺床叠被。

太阳照在对面金黄色的墙上，有些光反射进来，有点晃眼。在这新的一年第一天的时空里，空气中似乎果然增加或呈现出一些新的东西，我也觉得像真的渐蜕去了一些旧的颓唐的感觉，心在一时半会儿间找到了一点点妥帖。

大年初三，天气还是那么好，太长久的好不免令人起疑心，甚至担心接下来会有什么相反的东西。果然——

和广平、廖立峨约好一起去爬北郊的毓秀山。那里其实离中大不算太远，闲来无事，春日渐长，三人一路走一路说话，也就到了山上。一疯起来，这两个学生把平日里挂在嘴上的"先生"放到了一边，一会儿比谁跑得快，一会儿拿些野花插在各自的衣襟上，半百之人怎么敌得过青春少年？

然而他们的气息也感染了我，身上的几许暮气随山风飘散，不知此身何身，和他们一样手舞足蹈呼三喝四起来。不一会儿，已是汗流浃背。

到了山上，登上镇海楼，凭栏远眺广州城，密密匝匝，红墙褐瓦掩映在木棉绿荫丛中，可见炊烟袅袅，可闻鸡鸣狗吠之声。微风吹拂，心旷神怡。瞥见广平脸颊微红，气息微喘，我把手帕递过去，她瞥了一眼一旁的廖立峨，脸兀自更红了。

下山时已是午后，坐在一段明代的古城墙上吃干粮，天有点热，想找水抹把脸。我一时兴起，竟小孩般抢着"俺老孙去看看也"，长袍都没撩就翻身跃下城墙，不料正好落在一凹凸不平处，哎呀一声，脚崴了。当下在廖立峨的扶持下下了山，到街上叫了辆人力车坐回来。十分扫兴。

自跌伤后，虽无大碍，但脚稍稍肿了，走路不便，在床上躺了几天。加上差不多有一个星期的阴雨天气，很少出门，后来慢慢地能走到楼下收发室去拿一下信，或者是央那60多岁的老员工给送上来，顺便再把写好的信寄出去。这样过了七八天吧，伤脚仍未全好。

虽然离开学还有两三个星期，但学校是开始运作起来了。考虑再三，我还是接受了中大文学系主

毓秀山（今越秀山）

中山大学会议室，鲁迅曾在此主持召开教务会议

任兼教务主任的任命，简直就有点舍身的感觉。主持了第一次教务会议。关于考勤制度、课程设置、编级考试、优待考生等事都在教务主任的辖管之列。不想太多，做一天是一天吧。

接下来是文科教授第一次会议，讨论了半天，均衡各人意见，决定教授每周讲课十二小时，并由各教授认定所授科目。我这个主任也认了几门课：文艺论（三小时）、中国文学史上古至隋（三小时）、中国小说史（三小时）、中国字体变迁史（三小时）。

脚伤，还得接待不断来访的客人，连伏园到武汉任《中央日报》副刊编辑也无法去送行。又少了一个朋友，好在季市快来了。

在这样的事务性忙碌中，山上正义君的到访给我带来了一些新鲜的空气。听到久已不闻的日语，仿佛又回到了留学东瀛的时候，无论天涯海角，朋友总是相逢啊！

虽然并不是可以看见蓝天的日子，但可以感觉到云层后透出了一点点燠热的午后的太阳。

山上君笑我住的是"乡村小学校的杂役室",在单薄的床板沿坐了一坐,吱吱呀呀的,似乎有坍塌的危险,他提议到外面找个地方坐坐。我笑称许久没有吃日本寿司了,于是便去到英法租界沙面,在一家日本料理店里买了一堆外卖的寿司卷,有带生鱼片的、紫菜的、蟹籽的。然后走到与六二三路一涌之隔的一棵老榕树下,坐在荫凉的石凳上,一边吃着芥辣冲顶的寿司,一边闲聊着。对岸中国人管治下近在咫尺的广州似乎变得遥远。

"您对广州是怎么看的?"山上君免不了他记者爱提问的毛病。

"广州的学生和青年都把革命游戏化了,正受着过分的娇宠,使人感觉不到真挚和严肃。在广州,有绝叫,有怒吼,但没有思索;有喜悦,有兴奋,但没有悲哀。没有思索和悲哀的地方,不会有文学。"

"您在这里能进行创作吗?"

我不禁苦笑。创作?我是教务主任,工作是安排课程、分配教授。我想到了川流不息慕名前来的

"参观者",以及其中的一些年轻人告退之后以类似"我的朋友胡适之"自居或竟自怪我躲在大钟楼里而非到街上摇红旗呐喊。我虽不呐喊,却正在辩论和开会,有时一天只吃一顿饭,有时只吃一条鱼。点头开会,排时间表,发通知书,秘藏题目,分配卷子……开会,讨论,计分,发榜,辩论。这样一天一天地过去,有时连吃饭的工夫都没有,如何呐喊?况且,在北京呐喊多了,又何尝有用,民国还照样是民国,军警照样开枪,手足照样相残,夫妻照样陌路,朋友照样卖友,学生照样叛师。

一肚子难言的委屈,甚至有一丝身不由己、手无缚鸡之力的忿恨。一部巨大无比的机器,在没有榨干每一滴油汁前绝不会停止转动,每一个人都是这部机器的一部分,每一个人都是被榨的对象。榨,同时被榨。

所有的牢骚是只能向山上君这外人发的,对其他的来访者你能说什么?甚至广平、伏园。

5. 香港之行

这又几乎是阴雨连绵的一周。除继续与各方频繁地书信往来、参与校务外,最重要的事是在广平等人陪同下冒雨赴港。

小汽船从大沙头码头缓缓驶出,珠江两岸就像我一个月前来时看到的景象,也是在雨中,灰茫茫的一片,驮货载沙的船,芭蕉林,破落的房子呆立在旷野里。

突然,有一个中年汉子走过来,自称是中山人,很惊奇的样子:哎?您是鲁迅先生吗?听说我去香港做演讲，他竟十分替我担心：您要小心，香港很乱的。然后是替我计划，如果被禁止上岸如何脱身，到埠时如何避免被捕，如果上岸后遇险如何求救。我看着他那一张广东人特有的认真的脸，一面感谢他，一面在心里想：不至于吧？中国为什么让中国人这么没有安全感？

到了香港，我反而觉得这里有别处的中国所没有的平静，名为"维多利亚"的港张扬着的更多是西式的高桅尖嘴大船，在雨中摇橹辛劳的是褐衣船工或背着孩子的船娘，岸边或更远的山上矗立着许多欧陆别墅……

华夷一家。在接到的名片中，就有姓Chang的，我不知道他是姓张或章，或许他自己都糊涂了吧？我都怀疑我的半咸不淡的官话演讲在香港人听来会不会如广东话所说的"鸡同鸭讲"？

演讲在基督教青年会的一楼礼堂举行，题目：《无声的中国》。

夜九时，外面下着淅淅沥沥的春雨。台下是黑压压的人，这让我有点意外。广平在一旁用广东话帮忙翻译。

——已经是民国了，但我们还在提倡着学韩苏的古文，读书人躲起来读经，校刊古书，不识字的受了损害、受了侮辱总不能说出些应说的话。活人如死人。

香港基督教青年会旧址

于是，民初有胡适之先生倡导"文学革命"，继而有人提出思想革新，这中间还亏了钱玄同先生提出废止汉字，白话文才得以风行。为什么呢？因为中国人的性情是较喜欢调和，折中的。譬如你说，这屋子太暗，须在这里开一个窗，大家一定是不允许的。但如果你主张拆掉屋顶，他们就会来调和，愿意开窗了。没有更激烈的主张，他们总连平和的改革也不肯行。

青年先要把中国变成一个有声的中国，大胆地说话，勇敢地进行，忘掉一切利害，推开古人，将自己的真心话发表出来。必须有真的声音，才能和世界上的人同在世界上生活。

第二天的演讲本来安排伏园讲的，但他已经去武汉做他的主编了，还是由我来讲：《老调子已经唱完》。

——照我看来，凡是老的，旧的，实在倒不如高高兴兴地死去的好。在文学上，俄国和欧美其他几个国度，都是如此。但我们中国是有一种"特别国情"。第一，中国人没记性，昨天听过的话，今天忘记了，明天再听到，还是觉得特别新鲜；做事也是如此，昨天做坏了的事，今天忘记了，明天再做起来。第二，以自我为中心的人，决不以民众为主体，专图自己的便利，总是三翻四复地唱不完。

明朝鼓词里曾经说起纣王，"几年家软刀子割头不觉死，只等得太白旗悬才知道命有差"，中国旧文化的老调子就是一把软刀子。中国的读书人就应该从洋房、卧室、书房踱出来，看看周围的真实的世界是什么样子。

说这样曲曲折折弯弯转转的话对我来说实在是辛苦，不知道香港的中国人听得懂否？倒是那些没有到场的老爷或是洋主子却聪明得很，他们应该听得懂吧，不然怎么会禁止我的演讲词发表在报纸上呢？

脚伤还在，不能到街上去逛，白天里只是广平陪着在青年会附近走走。演讲一完，当天就匆匆赶回了广州，因为为了香港的两天演讲弄得头昏，回来还得把学校里落下的事情补上，《莽原》的约稿也还没写呢。

去的时候不免盼望着，走的时候却是想飞一样地回来。

6. 开学典礼

收发室里一大堆信在等着我,其中就有季市的,告知昨天已到广州并所住旅馆名称。于是赶忙让广平替我跑一趟,去接季市。

回家换了衣裳稍事休息,听到广平叫门,开门一看,同行的是季市!老友相见,大喜过望。稍坐一会儿,一同到他住的旅馆搬行李,就在我在大钟楼的房子的一角另铺了一张简陋的床住下。晚上专门到东堤的一景酒家为他洗尘,一醉方休。

朋友是越老越好,虽然不多,就那么一两个或三个，好在基本并不让我失望，在一起的时候都还算相洽。这些年当然也见多了当面一套背后一套甚至暗箭射来的学生或朋友。季市从日本留学时代相识起，到绍兴、南京、北京，一直不离不弃，忠厚人也。

季市的到来带来了几天的晴好天气，几乎日日一起吃饭，逛公园，看电影。呵呵，我倒变成了半个广州人了，当然都是我"买单"，虽然季市也抢着付账。伤脚也渐渐好了。

但教务会我是不能不去主持的，里面的情形非常曲折。我本来是来这里教书的，不意套上了"主任"之衔，还有文史科会议、国文教务会议、学校组织委员会等等，都要参加，不但睡觉，有时连吃饭的工夫都没有了。这样下去是不行的，我想设法脱卸这些，专门做教员，不知道将来开学后可能够？不然，这样做"名人"实在是累，一变为"名人"，自己就没有了。玩玩算球！

更让我心情不好的消息是中大准备聘请顾颉刚。

傅孟真①从他的办公室踱过来聊天的时候，似乎是无意间说起了这件事，我立刻想到一个恶心的红鼻头，禁不住恼起来：他来，我就走！

一大把年纪的人了，可我还是控制不住自己的情绪。傅孟真讪讪走开。

晴雨不定的天气，心情难免郁闷。中大开学在即，悠闲的日子可能完了，尽情地和季市、广平，有时还有广平的妹妹月平，一起闲逛。季市刚到广州，不免对一切均感新奇，饮茶、购物、吃饭，成了主要的活动。也好，至少免去了被供在大钟楼上一人枯坐，在热闹的市声中很容易又消磨去一日的时光。

3月1日，中大开学典礼。照例是作为"名人"和一帮学校的领导坐在台上，照例是即席发言，照

---

① 傅斯年（1896-1950），字梦簪、孟真，山东聊城人。五四运动学生领袖之一、中央研究院历史语言研究所创办者。1926年底受聘于中山大学，历任文史科科主任并兼任史学系、中国语言文学系、哲学系主任。1950年12月病逝于台北。

许广平与大妹许东平及其孩子、小妹许月平合影(从左到右)

例是说一些可有可无的话，希望中大的青年"读书不忘革命，革命不忘读书"。谢玉生等几位专程从厦门大学转学到中大的学生，我请他们吃了一顿晚餐。

忙起来似乎也不错，没有多少闲空发呆闷坐，但开学前一段时间全无规律的生活变成了一种习惯，其实也影响到整个人的状态。

揽镜自照，脸色无华，形容枯槁，胡子拉碴，眼窝深处藏着别人也许难以察觉到的阴郁。

四十五六岁。不要说和那些学生娃娃在一起，就是和广平、月平姐妹在一起，自己何尝又能不显出横秋老气呢。

好歹我是学过医的，明白生理上的不正常会影响并导致心理上的不正常，反过来，心理上的不正常也会加剧生理上的不正常。要调整精神状态得从日常生活入手。

在北方待久了，实在有点适应不了南方这种湿冷天气，这种冷与北方的干冷不同，南方的冷阴险，尖细，腻烦。夜间，大而无当的房间里，季市已在沉睡中，发出微微的鼾声，窗外的风呼呼地来去，可能还挟着雨。老鼠也在闹腾。

这样的天气虽然少有蚊子，但还是下了蚊帐，四个角挑在四根细竹竿上，像是躺在一个四方的棺材里。单薄的被单，没有其他铺垫的草席，这是从北京开始的孤居生活所养成的习惯，可以让自己生理上不受刺激。但躺在这南方的夜里，冷不仅从背脊下传来，还从脚底板渗入。

也许是自己体质差了。

轻手轻脚起床，开了电灯，把桌上的酒精炉点着火，煮了一大壶热水，倒在脸盆里，再加进一些冷水，把脚泡在滚烫的水里，爽。

热水刺激着脚板的穴位，血气上升，全身也变得舒松起来。再熄灯睡到床上时，觉得好多了，这一觉就沉沉地睡到了第二天近午。

7. 恋爱与革命

真正开学了也不过如此，虽然不闲，其实也不比平时忙多少。还是免不了吃吃喝喝游游玩玩，加上厦大过来的学生也常上门，还有广平、季市，一起说说笑笑，日子也过得挺快。不过如此而已。

忽一日，在报上见到一则新闻，说是"鲁迅先生南来后，一扫广州文学之寂寞，先后创办者有《做什么》《这样做》两刊物"。不禁莞尔，这两种刊物的倾向完全相反，何由皆因我南来而创办？说来恐怕话长，顺手操起剪刀把它剪下来，姑且留存，待有相当的机会时再说吧。

每天还是开会，演讲，上课，接客，吃饭。

3月12日是孙中山先生逝世两周年纪念日，学校放假。白天是纪念典礼，晚上是演戏，校内校外的都来看，整个中大在呼朋唤友的热闹中，连凳子都被踩破了几条。

我在大钟楼上当然也坐不住，下楼去凑热闹，更是深深领会到伟人的伟大。恋爱成功的时候，一

中山大学礼堂。1927年1月25日的欢迎会和3月12日的孙中山逝世纪念会上，鲁迅在此发表演说

个爱人死掉了，只能给活着的那一半以悲哀；但革命成功的时候，伟人死掉了，却能每年给活着的大家以热闹，甚而至于欢欣鼓舞。同样是爱，结果却有如此不同，怪不得现在的许多青年人感到恋爱与革命的冲突的苦闷。

傍晚时分，周鼎培等五位中大学生邀我到东如茶楼参加南中国文学会成立筹备会。

晚雨初晴，天已经大黑，可以看到隐隐一轮月影，大钟楼外的操场草地上到处可见浅浅的积水。过了马路，往南走不远，上了东如茶楼时，我的布鞋已经湿了。

总共有二十人左右等在那里，等我在靠窗的位子坐下后，年轻人七嘴八舌讨论起来。他们仍是要我提意见，要我给他们的创刊号写稿，看着他们年轻热情的脸庞，我如实相告：我走过的路不好走，各人应该走各人的路。

他们问我对当前年轻人的看法，我不禁想起那些从厦大过来的学生因为入学考试不好而撕烂成绩榜，又要革命又要图省事，所以我说现在的青年往往思想与行为矛盾。

年轻人未必听得出我的话中话,我也未必能十分清楚地说出我想说的话。他们仍在为新组织的诞生兴奋中,而我在两个多小时里竟已把一角钱一包的彩凤牌香烟快抽光了。

这一个多月,竟如活在旋涡中,忙乱不堪,不但看书,连想想的工夫也没有。每天糊里糊涂地过去,文章久不作了,连《莽原》的稿子也没有寄,想到就很焦急。但住在校内是不行的,从早十点至夜十点,都有人来。我想搬出去,晚上不见客,或者可以看点书及作文。明天就去找房子。

第二天午后,和季市、广平往白云路白云楼看屋,三房一厅恰好可供三人同住,推窗可远眺云山珠水,窗下是流水潺潺的河涌,还有公用的厕所和厨房,而且离中大并不远,三人都十分中意,当下付定金十元。

这下可以躲进小楼成一统埋头读书写字了吧?顺道往商务印书店访客买书,也许是找到了似乎的住处,心情释然,连书店里的气氛也特别轻松安宁

广州白云楼外景。1927年3月29日，鲁迅移居白云楼26号二楼

起来。夜餐后"直落"饮夜茶。

未名社、北新书局许多包书也收到了。

难得放了几天晴。广州生活真是方便，中大就在市区，在国民餐店吃完饭，走两步可以到国民电影院或永汉影戏院看电影。广州比起厦门来，至少电影丰富得多，日夜四场，而且大半是"国产"，有古装，有时装，而我一向对国产片十分不感冒，

因为太过于做作和无聊,电影里的国人无论流氓妓女或善人杰士,要么是表情木讷,要么是上海洋场式的狡猾。

黄花节虽说是快到了,但其实也还得一个月之后。只是真的日日游宴反而觉得心中慌慌,近于行尸走肉了。

书照教,会照开,电影照看,一切都按部就班。如果真的如此心平气和地过下去,也未尝不可,但能够心平气和吗?"前路是什么"这个问题就是魔祟的化身之一,总在突然之间跳出来缠绕着、拷问着、折磨着。来广州已经很有些时日了,必须作一点所谓的文章了。然而从何作起?

起身翻《辞源》,对于"黄花冈"的解释轻描淡写,于我并不能有所裨益。黄花节的热闹是可以预见的,正如孙中山的周年纪念一样。但是"革命成功"了吗?同志们仍在努力吗?我怀疑。在这太好的时光中,我又有了不祥的预感。

3月25日,北新书屋在芳草街44号二楼开业,请广平的妹妹月平帮忙看店。

永汉影戏院，位于广州永汉路（今北京路）与文明路交界，其前身是建于1927年的永汉戏院

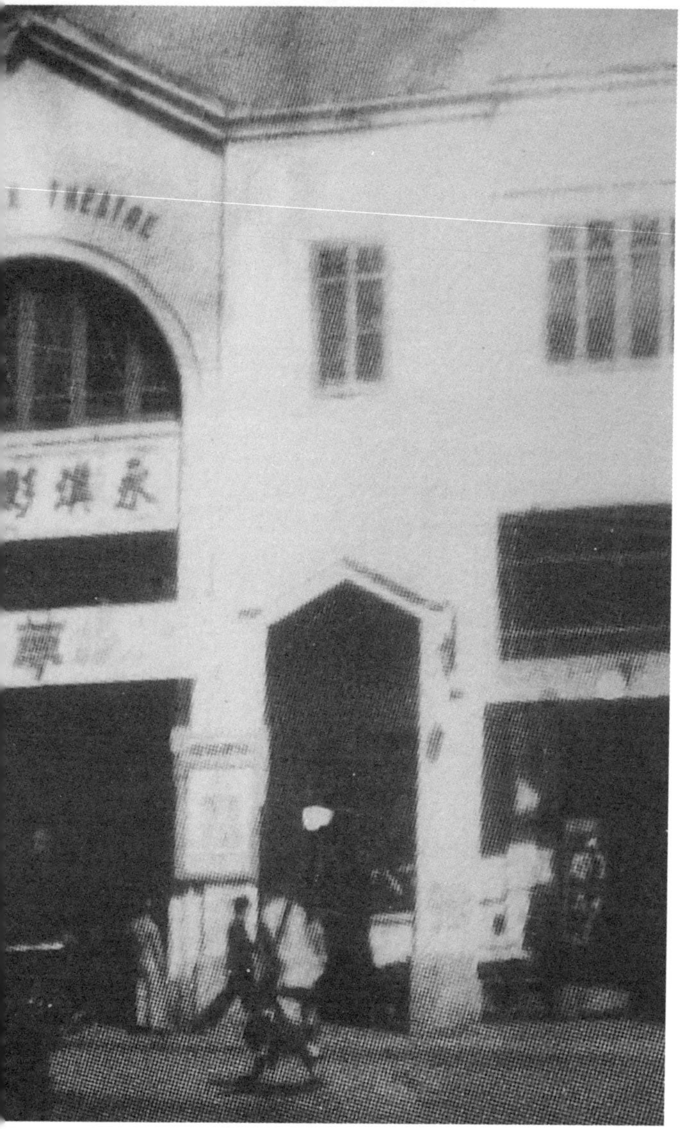
THEATRE

8. 移居白云楼

天气由晴转雨转阴，再转晴转热。

3月29日是黄花节。不用打开窗都可以听到外面操场上嘈杂的口号声。黄花节感想我是早就写下了，属于那种别人小孩生日客人说这小孩总有一天会死之类的话，别人恐怕未必愿意听，他们愿意听这小孩长大后一定会做大官会福如东海寿比南山这样的话。哈哈，随他去吧。说两句我想说的话比今天天气哈哈哈要有意思得多、有劲得多了。那些在东较场上、在中大的操场上欢呼的人群，他们知道他们在欢呼什么吗？

上午坐船过"海"（珠江）到岭南大学讲演了十分钟，匆忙又赶回来搬家。和广平、季市一起收拾了行李，告别住了两个多月的大钟楼，躲到偏西白云路上的白云楼二楼，终于远离了喧嚣。不远处是广九火车站，偶尔可以听到火车的鸣笛声，乘客并不多，所以并不嘈杂。

这一周又重陷阴雨天气。自搬到白云楼后，访客少了许多，得以相对静心地写东西了。在心里构思了许久的《眉间尺》终于杀青。基本是一个复仇的故事。但也许不仅仅是。玄色的人与无聊的人；充盈其中的鬼气；还有大钟楼上不能忘怀的老鼠，还有顾颉刚的红鼻头。哈哈。在接着的《略论中国人的脸》中俺也闲闲地刺他一下：尤其不好的是红鼻子，有时简直像是将要熔化的蜡烛油，仿佛就要滴下来，使人看得栗栗危惧……

4月8日到黄埔军校讲演。

应修人已经多次代表军校邀请过几次了，我一再踌躇。给军人们讲什么？文学？在目前的中国，文学有什么用？况且，如此"革命"的时代有真的文学吗？

我便也只是将我的这一些疑惑和台下军容严整

的军人讲一讲，聊以塞责罢了。题目叫"革命时代的文学"。

黄埔陆军军官学校

9. 不祥预感应验

在广州，纪念和庆祝的盛典似乎特别多。知道沪宁克复的消息，我也十分高兴，文人能做的事就是做文章。所以，那天在黄埔军校讲演时看着台下朴实的士兵们的脸，我这教授不禁内心羞愧，我不过是靠着嘴皮子过活的，他们才是真的革命者，用生命。然而，没有用生命革命的也还有很多其他的人，在那许多的庆祝人群中。小有胜利，便陶醉在凯歌中，肌肉松懈，忘却追击。所以，我是主张痛打落水狗的。

庆祝和革命实在是没有什么相干的，至多不过是一种点缀。讴歌庆祝的人多了，革命不免变成浮滑，反革命便乘机而起。中国少有苏俄的列宁，也便少有真正的革命。

我又在说扫兴的话了。

然而，4月15日，我的不祥预感甚至是预言——应验了。

大清早，还在睡梦中，广平家的老家人阿斗跑到白云楼来，惊慌失措地说："不好了，中山大学贴满了标语，也有牵涉到老周的。叫老周快逃走吧！"我们都吓醒了。楼下可以听到军队调动跑步车辆频繁往来警笛长鸣。从窗口望出去，河涌对岸店铺楼上平时作工会办公处的正被搜查，电线杆上也贴上了新的标语。广平倒是十分沉着，跑进跑出。

后来消息清晰起来，国民党从昨晚开始进行"清党"了，正在大肆抓捕共产党员和左派国民党员。中大被抓走了数百人，关在南关戏院，有的已经被杀。

我也感觉慌慌的，犹如突然处身于一艘不由自己控制的巨轮，这艘巨轮正惘惘地驶向未知或者正撞向冰山，自己可能将是注定殉身的一个。但部分作为教务主任的职责所在，或是内心深处那股狂躁激烈的东西又被搅动起来，涌起来，突如其来的变故令人不遑多想，一切的无聊闲散反而被一个急剧突起的本能的反抗欲望代替了。

来吧，平静底下积蓄着狂暴的广州，我要迎击你，在你死我活的冲撞中激活我死一般的周遭，死一般的心！然而我毕竟不再是愣头青，身边至少还有一个广平，还有更远的北京的家人，冷静地想，此时也不应该躲在后面，我既不是左派，更不是共产党，一教员而已，他们没有理由抓我。

进也是一种退。经过半天的权衡，下午虽然天还在下着雨，我终于决定撑伞走回中大。一路肃然。

大钟楼在雨中显得十分孤寂，往日热闹非凡的大操场也不尴不尬地冷清着，连那些边唱歌边扫地的工人也不见了踪影。办公楼里有一些教员，有主任和各部门负责人，朱骝先、傅孟真都在。本着对学生负责的原则，大家同意马上召开一个紧急会议。十几个在场的人都参加了。

"我们应该组织营救我们的学生，至少要知道为什么抓走我们的学生。他们有什么罪？"我扫了一眼坐在对面的朱骝先。

他却说："关于学生被捕，这是政府的事，我们不要对立。"

"学生违反了中山先生'三大政策'的哪一条？"

"党有党纪，国有国法，我们要服从。"

呼——怒气冲顶！我，朱骝先、傅孟真都是亲历五四运动的人，那时不说营救学生，甚至本人都是参与者。现在却要眼瞪瞪地看着自己的学生被捕而无能为力。这是怎么回事！十几双眼睛都集中在我们几个人身上。

朱骝先强词夺理："那时是反对北洋军阀。"

"此时的政府所为比起北洋军阀来是有过之而无不及！"

会议不欢而散。

有消息说毕磊死了。还有一些不知去向。

冷漠，人心的冷漠，如这天，下着淅淅沥沥的雨，没有停的意思。如果被麻袋装着沉入珠江中的是他们的子女或兄弟呢？然而，傍晚时分学校宿舍墙上还是贴出了通缉的学生名单，一些学生也出来帮忙维持秩序了。

这是怎样的世界？逃到这南方的革命圣地，还是逃不脱无耻的流言和杀戮。不一样的政府，一样的鲜血。一样的学生，一样的叛变。如此近的大规模有组织的人对人的屠杀，亲见还是第一回，我目瞪口呆。

又回复到一个人深夜静坐，喝两盅。不禁想到厦门时候，也是如大钟楼时的一间大大空屋，寂静浓到如酒，使人微醺。这时想写，但是不能写，无从写。这也就是我所谓的"当我沉默着的时候，我觉得充实，我将开口，同时感到空虚"。

莫非就这一点"世界苦恼"吗？然而大约不是的，这不过是淡淡的哀愁，中间还带些愉快。腿上钢针似的一刺，知道是蚊子在咬我，不假思索地向痛处拍下去，什么哀愁，什么夜色，都飞到九霄云外去了。然后是坐在灯下吃柚子。

10. 还能去哪里？

兴味索然。课也停下了。除了捐几文钱给被捕的学生外，一事无成。党、国天大如黑锅，手无缚鸡之力写些不痛不痒的文字的我能做些什么？唯有叹息。

这白云楼倒真的是与世隔绝的避难所了。我听从广平的劝诫少到街上去，只是听着窗外一些纠察队扛着旗喊着口号走来走去，成队的兵士来回巡逻，偶尔还可听到枪声，说是就地正法反革命分子。革命，革革命，革革革命……

19日夜，朱骝先造访。在烟雾缭绕中，看到他的皱纹脸，胡子，严峻下一丝没藏好的精明的眼神。

党国，党校，党纪。牛头不对马嘴。我整夜陷入沉思中，东奔西走，狼奔豕突，上天不得，入地无门，苟活凡世尚不得安稳。心内焦躁，心外煎迫。世间事总是如此佶屈聱牙味如嚼蜡货不对板，做一个单纯的快乐的正当的人何其难。

在这节骨眼上，顾颉刚终于也尾随从厦大来到了中大。我在厦门时，很受几个"现代"派的人排挤，离开的原因一半也在此。不料其中之一，也钻到此地来做教授。此辈的阴险性质是不会改变的，自然不久还是排挤，营私。所谓狗改不了吃屎的性子。气味不合。于是，我又隐隐看到未来惶惶之路……我决计于二三日内辞去一切职务，离开中大。然而，此后何往？

与广平的事尚未彻底下定决心，在流言四布的时候似乎也不宜他往，只能还是暂留此地，俟暑假后再说。

辞职的消息一传开，各种各样真真假假虚虚实实的人开始川流不息地上门。哈哈，连辞职都不许我乎？他们如何知道我的决心，他们有什么可以挽留我的理由？再次的牛头不对马嘴。

不见不见。于是乎，和广平一起到北门外遨游。郊野啸游慰平生，一花一草皆多情，哪管人间TM事，牛头马嘴乱人心。五柳先生懂得其中真味啊。

这是4月的最后一个星期，消息不断，上海早在广州之前的4月12日就发生了"清党"的事件。

转了一圈，哪一方才是净土？真有净土存在吗？五四过去快十年了，多少人事变更，可吃人的盛宴还在继续，我又想起了那个问题：中国可有未吃过人的人？

不知道还能去哪里。

白云楼变得热闹起来，各种人物都来走访，我又成了动物园里的奇怪动物，人们免票参观，我义务表演：或者僵硬的笑，或者淡漠的表情，或者无聊的言语，或者望向空中的眼神。只有夜里灯下给远方朋友写信，才有那么一些真实和沉静。

然而他们也真的无聊，竟把我退回给他们的聘书再退回给我。

11. 纷扰中的一点闲静

广州的天气热得真早,夕阳从西窗射入,逼得人只能勉强穿一件单衣。书桌上的一盆"水横枝",是我先前没有见过的:就是一段树,只要浸在水中,枝叶便青葱得可爱。看看绿叶,编编旧稿,总算也在做一点事。做着这等事,真是虽生之日,犹死之年,很可以驱除炎热的。

这是纷扰中的一点闲静。

现实却是这么的离奇,心里是如此的芜杂。一个人只剩下回忆的时候,生涯大概总要算是无聊了罢，但有时竟会连回忆也没有。前几天离开中大的时候，便想起四个月以前的离开厦大；听到飞机在头上鸣叫，便想起一年前在北京城上日日旋转的飞机。世事仍然是螺旋。

不知怎么地，还会时时想起儿时在故乡所吃的蔬果：菱角，罗汉豆，茭白、香瓜。这些都是极鲜美可口的，是我思乡的蛊惑。但在后来，久别之后尝到了，感觉也不过如此；唯独在记忆上，还有旧来的意味留存。他们也许要哄骗我一生，令我时时返顾。

我也许愿意，但终于知道不能。

再次把失而复得的聘书寄还。去意已决，令我心极轻松起来，虽然不知去向，但出发总是令我有辣身自拔的兴奋，正如年轻时寻找别一样的地、别一样的人的兴奋。和季市、广平又过起了招饮于市的无事生涯。

中大聘书得而复还。其他无事。

无话可说的时节继续译《小约翰》。想起在广州的三个月，说长不长，说短不短，忙忙碌碌，或者游游逛逛，似乎没什么不如意，别人也把你当名人捧着，然而不知不觉间也不过是个大傀儡！自觉或不自觉地……

傅孟真这五四中人，胖胖的脸，天真可爱的样子，初见时印象还不错，我还以为可以引为朋辈，或者不至于成为敌人，谁想竟也是这样的人。当红鼻子顾颉刚到中大时，我就辞职了，傅便大写其信给我，说他已有补救办法，即派顾赴京买书，令他不在校。作为文科主任，傅还把这样的安排宣扬出去，似乎已很照顾我了。但现在知道其实其中另有隐情，原来买书是他们早就预定的计划，一笔数目至五万多元的大生意，当然得由顾颉刚这样的他们的自己人来做；但又怕别人不服，实在不行就可托词于我的反对——进退有据，这样深的心机我是懒得去动的，虽然我并不是笨伯。

然而，让我心寒竟至生理上产生恶心反应的是一张如此忠厚的中国人的脸上的峥嵘；然而，从另一面看，我自己何尝不是天真到可爱、可爱到无耻？

他们现在还在挽留我，真心或假意，当然无效。我是可以而且愿意被玩弄一次的，但绝没有第二次。我是不走回头路的。

季市也跟着辞职了，虽然他也是没有太想好去路，但他平和、老实，适应能力更强，路子比我多。蛇有蛇路，鼠有鼠路，各有各路。

无论如何，去他的鸟教授！文人、学者、教授，这些东西并不比政客干净多少。

据闻朱骝先转到广东省民政厅做厅长，能文能武，亦师亦官，嘿嘿。管他MMD！我现在是大门不迈、二门不出，在白云楼上啖荔枝，虽然也有人告诉我一些外面的消息，也还在捕人，但戒严似乎解除了。

仍是写信收信，但数量明显少了。整理《小约翰》本文讫。

想起在日本寂寞少年时，到东京神田区逛书店，偶遇《小约翰》第五章，是载在半月刊的《文学的反响》上的，心驰神往。后来跑了好几个地方去找这本书，最后是托书店从德国购回。一直到去年快离开北京前，才在中央公园的一间红墙小屋里和齐宗颐君一起译成一部草稿。之后是在厦门、广州和"学者"们纠缠不休，没有工夫把草稿整理出来。唉。可惜自去年分别以来，老同事齐君现不知漫游何方。

12."你战胜了!"

"滚出"中大已有好些时日了,然而也并不如外界传闻的"他亡"。是否"亡",往何处"亡",也还得和广平商量,她的家人当然是一个因素。况且我也不愿如别人所想,是因为某某党而离开中大,所以,不急,在广州的热天里继续静静地吃我的荔枝。

然而流言也还是没有止于智者,顾、傅等人为攻击我起见,已放出我是因为政治而走之宣传,香港的《工商日报》也说我"亲共",或许是我的不智吧,流言不止。然而"管TM的"可也。

生就华盖命。

有的人却是生来就是狗屎的好运。中大开学之初,内情纠纷,我亲力亲为,费去气力不少。时既太平,红鼻顾翩然空降而至,而我却只有滚了。据闻中大图书馆开始征求家谱及各县志,哈哈,厦大的旧招又应用到此地了。而且,邹(鲁)派和朱(家骅)派之争也渐次展开。如此想来,实在庆幸自己滚得及时。

文字世界尚可慰我情怀。即如《小约翰》中所述荷兰海边的沙冈风景,足以令人神往。白云楼外却大不同:满天炎热的阳光,时而如绳的暴雨;前面的小巷中是十几只疍户的船,一船一家,一家一世界,谈笑哭骂,具有大都市中的悲欢。

沉默的都市却也时有侦察的眼光,或扮演的函件,或京式的流言,来扰耳目,令人沉浸的别一文字世界也不免有烦躁起来的时候。

就这样又是一个月过去,又晴又雨的初夏天气。

在阴晴不定的天气里，季市束装北归。

三个人的格局突然变成两个人。开始好像有点尴尬，慢慢习惯了。自此很少外出用餐，固守在白云楼里似乎也不错，所雇女工负责白天的餐饮及打扫，况且她做饭菜的手艺确实可以。这样的日子不是渴望已久的吗？然而，我不敢。

于是，有一天，夜里，仍是两个人的时候，南方的夜如此沉静，连不远处珠江的水声也似乎都能听得见。我坐在桌前灯下看书写字，她走到我的身边，并不说话。突然，她握住了我的手，我没有太多激动，似乎早就握过，自然而然。

我报以轻柔而缓缓的紧握。她竟然比我更有力量。

"你战胜了！"——自然，也是我甘于做她的俘虏。

这是我人生的顶峰，在一个只有两个人的世界里。

然而，似乎有魔祟在帐顶出没，打断我刻意的忘却，打断这难得的初夏良宵，让我重回静寂和闷

二十世纪二三十年代珠江上的疍户人家

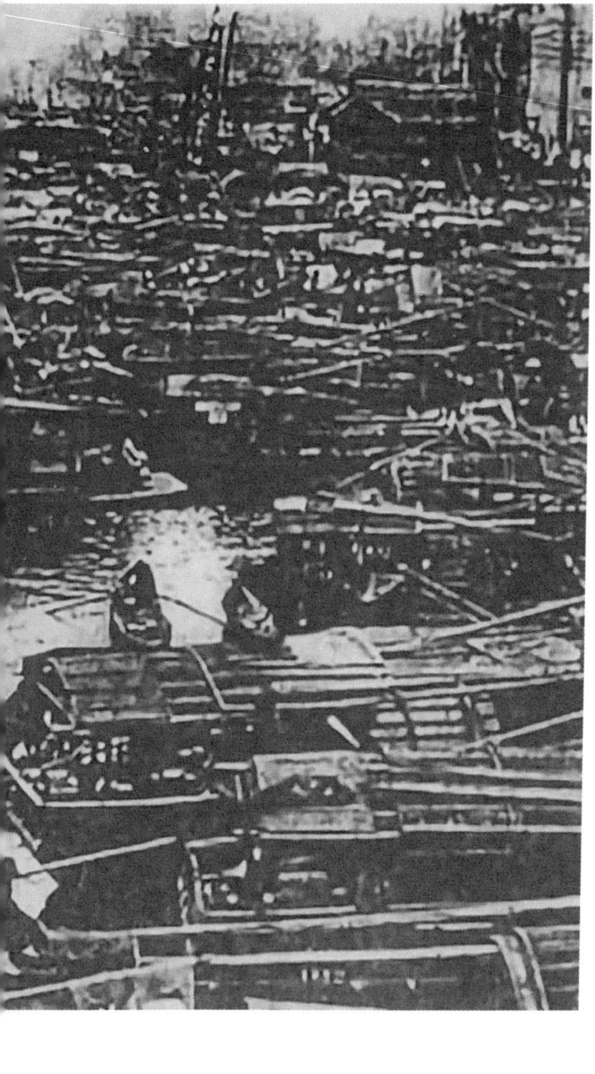

热,以及惘惘的威胁。我何尝不以打断别的人的圆满为快意?这是报应。但身边如此坦然美好的她又何辜?

不禁叹气。她不明所以,只是更紧地抱持我,以无知反更驱除了魔祟。

然而,终究还是要回到现实中来。我的辞职终于得到中大允准。但了解了几个地方的情况,似乎不知何往。有点茫然。古史者,顾鼻已经"辨"了;文学者,胡适之已经"革"了,余下的似乎只有"可恶"而已。我的"可恶"之名经过某些人的义务传播,已是彰闻天下,但"可恶"之研究,是连蔡孑民[①]蔡大人也不喜欢的吧?

天气转晴,除了广雅书局外,别无可去,好几周来一直都在《小约翰》的著述中。每日吃鱼肝

[①] 蔡元培(1868-1940),字鹤卿,又字仲申、民友,号孑民,浙江绍兴人。曾任国民党中央执委、中华民国国民政府委员兼监察院院长、中华民国首任教育总长,国民党四大元老之一。1916年12月至1927年任北京大学校长,革新北大,开"学术自由、兼容并包"之风。1940年3月病逝于香港。

油，烟抽得少，胖起来了，恐怕还可以"可恶"好些年。背此恶名，或恐食寐难安，我则不然。

我真的"可恶"吗？为什么别人都与我的心思背驰？这些问题也会闪过我的脑际，但不会太长久，因为我觉得在中国人中，自己的确有点特别，非彼辈所能知也，因此又过一天算一天，夜夜安然入睡。

几本关于动植物的书都留在北京，当此"讨赤"之秋，只能婉转写信去上海向三弟查询一些动植物的名字，为了一个名字往往六七回信件往来，最后还无法定下来，看着信封上背着各种什么什么查讫的印记，也算解颐。

夏日昼长夜短，酷热凌晨始散，正是酣睡时分，隐约觉得有响动，并不警醒。想看看时间抓不到放在床头的时钟，方知已有小偷潜入，将钟窃走。

想想回北京也不是办法，去浙江？季市来信说顾颉刚等人也想去——丢！

去上海？

就这么躺在床上胡思乱想，失去时钟的懊恼竟也减去大半。

13. 到上海去

犹豫不决的时候，不免回想起过往。如果不苛责自己，可以说是天意。有失，也有得。

中国人总有活下去的办法，可以儒，可以道，可以释，够用了。一个人，可以无所顾忌到连身体都不顾惜，其实是一种置之死地而后生；两个人联结，成为一个新的生命，更是生存的大道，在转瞬之间，或假以时日，甚至原谅一切不可原谅。

在门庭日渐冷落的时候，廖立峨经常过来拜访探望，未必可以深谈，但他带有一种广东人特有的日常的温暖。我送他一本二弟①新编订出版的《自己的园地》,虽然和二弟闹翻,但他的写作确实自成一体了。在苦茶里喝出味道来,何尝不是人生的一种,一种更长久更普遍的真实生活。

先晴后雨。天气太热,白云楼如蒸笼。

可能是中暑,头痛发烧腹泻,终日只能躺在床上昏睡,一边还得不断摇扇扇风,苦不堪言。一应户外事宜都托广平代劳,买了一些西药:阿思(司)匹林、规那丸;买闹钟一口:五元四角。

头痛脑热吃药前后差不多一个星期,好了,又来了牙痛。身体上所有的零件都起来闹革命,看来是够老朽的了。

天气绝对晴好的时候,又显得忙碌,讲演、写东西,享受美食……

---

① 周作人(1885-1967),原名周櫆寿,又名周奎绶,后改名周作人,字星杓,又名启明、启孟、起孟,笔名遐寿、仲密、岂明,号知堂、药堂等,浙江绍兴人。现代著名散文家、文学理论家、翻译家,中国民俗学开拓人,新文化运动的杰出代表。鲁迅之弟,周建人之兄。1967年5月逝世于北京。

终于见识到广州的夏天，半个月或一个月从头到尾的热气蒸腾，待在屋内什么事也不做还是汗流浃背，一把蒲扇几乎摇破。

看着天高云淡的窗外，不由得想起2月间赴香港演讲，那时正是淫雨时节。雨天总是令人愁闷，所以即使热到五内俱焚，也还是喜欢这毫无掩饰的热烈。

到知用中学演讲：《读书杂谈》，广平翻译。歇了好些天，头脑清楚多了，情绪也在烈日下由疲倦变得平和。

收到矛尘①信，他一年来碰钉子已非一次，而观来信之愤慨，则似于"国故"——中国的文化仍未了然，所以"灰心"，我的心是早已不灰了。因此在回信中我赠他一言：专管自己吃饭，不要对人发感慨，并且积下几个钱来。此所谓"人"者，生人不必说，即可疑之熟人，亦包括在内。

---

① 章廷谦（1901-1981），浙江上虞人，字矛尘，笔名川岛。散文家，长期任教于北京大学。著有《和鲁迅相处的日子》《川岛选集》等。

知用中学，位于广州市越秀区百灵路83号

经过和广平反复磋商比较，终于决定到上海去。最可惜的是，再也吃不到糯米糍（荔枝）、龙牙蕉了！

听说我要离开广州，钟敬文拟开北新分局，小峰令其来和我商量合作，我则冷冷地予以回绝。他背后站着顾颉刚我还不知道吗？所以我宁愿把书屋关门。北新书局内部已经霉烂，无法可想，只得听之。

物以稀为贵也罢，人之将死其言也善也罢，我之将走，广州又把我当作"名人"了，不然以后没有机会。演讲多了起来，虽然并不觉得有那么多的话要讲，但"名人"之名是鼻辈求之不得的，我则轻易地以几点钟讲话而出风头，使鼻辈又睡不着几夜，这是我的大获利生意，不妨再做他几天玩玩。

这次是在学术讲演会分两次讲。在广州市立师范学校礼堂讲《魏晋风度及文章与药及酒之关系》。在这样的热天和雨天里，有谁听得出其中的感慨？

魏晋都是短命朝代，更替之际，文风民风在喝酒吃药上可以体现，反过来，喝酒吃药就反映着同一样的意思吗？如何能完全超出于人间世呢？——超出于世，则当然连诗文也没有了。

苦夏时节，也会忽来风雨。静夜时分，先是街市上风紧云低，树叶喧哗，海上掀起飓风，如翻天覆地。

关门闭窗，夜雨淅沥。

来来去去总是泥沼，或者是自己命定在泥沼中，与泥沼无关。

开始收拾行装，看着这些随我北京、厦门、广州几处辗转的书籍，而今复将北返，蠹食已多，怅然兴叹。书犹如此，人何以堪？

8月2日，与广平姐妹往高第街观七夕供物。横街窄巷，香火袅袅，异香飘忽，有一种喜气在空气中。江浙一带也有七夕风俗，但似乎没有广州这么隆重。

意外收到顾颉刚一信，估计他已知道我将离开广州，信中令我勿走，"听候开审"。十足文人之蠢且假之状，搞笑至极。明知我不可能等到他回广州后"开审",他就可以声称是我畏罪潜逃。而我何罪之有哉?

我给他开了个小玩笑,言我九月已在沪,可就近在杭州起诉云云。——我是曾经"厦大"(吓大)的——在做《阿Q正传》到阿Q被捉,做不下去时,想佯醉袭警,以便被捕进牢里得一点牢监经验——还怕他吓?

飓风过后,天气显得不热。但据闻海上死人不少,香港一带因有所准备却无大损,科学之力使然。

江浙一带的青梅煮酒早已不喝,如今倒有些想念。荔枝的季节过了,杨桃接着上市,此物初吃不佳,惯则甚好,食后如用肥皂水漱口,极爽。离开广州恐无此口福,故大吃特吃也。

14. 交接工作

即将离开广州了,心情似乎颇觉放松。天气时晴时雨,心情时好时坏,毫无规律可循。

长夏索居,难得消遣,常慵懒卧阅杂书,偶有所得,夹一纸条以识之。检书偶逢昔日所留纸,辄自诧置此纸何意,且悼心境变化之速,有如是也。

身体并无大碍,然时有小病缠身,消化不良头痛脑热,诸如此类。

其实广州也不错的,还有点蛮气,不似江浙那些人,从战国时代起就战个不停,用尽心机者大有人在。

与共和书局谈好，将北新书屋卖剩下的书顶给他们。广平、月平帮忙点数、包扎。后来还有陈延进、廖立峨、何春才三人加入。书屋在芳草内街，离外面的大马路还有一段路，留了年纪较小的月平收拾书屋，其他五人合力把一扎扎书提到外面街上，再雇了五辆人力车，一次过运到永汉路上的共和书局。一切事情办妥，六个人到惠爱路的妙奇香外江馆子吃午饭。

和真诚纯朴的年轻人在一起，轻松愉快。每人点了一个自己喜欢的菜，我提壶劝酒，大家喝到微醺，然后是喝茶闲聊。广州午后的阳光温暖迷离。

约好广平、月平、立峨、春才一起去照相。几个年轻人都十分兴奋，穿上干净新衣裳，我看了最小的月平和春才两人，正是情窦初开的少男少女，忍不住开了他们玩笑。倔强的月平竟然羞红了脸以至气急，不管大家如何劝慰都不肯跟我们去照相。

1927年8月19日，鲁迅与许广平（后左一）、廖立峨（前左一）、何春才（后右一）摄于广州

乘公共汽车来到僻处小巷的西关图明馆。照相时，春才羞赧到不敢站到相机前，是广平拖着他的手叽里呱啦地讲了一堆广州话后，他才走上来和我们合影。

第二天，相片就冲洗出来了。暴风雨十分暴烈，从窗口望出去，路旁的树木有被连根拔起的。看见一辆小汽车停下，广平、立峨、春才三人从车里钻出来，共撑一把伞。看见他们上楼进屋，衣服湿了一大片，一屋的清寂便被热闹充塞了。赶忙泡热茶递上。看照片，都十分精神，可见照相师傅技术不错。

我刚喝了一口茶，忽然看见窗外路上的月平撑了一把被风刮翻了的小雨伞，在路上很艰难地走着，十分狼狈的样子，禁不住喷茶：你们来看落汤鸡！广平下楼去接她，我到厨房里煮姜葱水，加酒，等月平上来换了广平的干衣服后，催她把热热的姜葱水喝了。

结算下来，书店亏本。

继续在白云楼西屋中"九晒九蒸"，炼得遍身痱子。

把很多时间投入《唐宋传奇集》的编次工作，身体不好，服药。来往信件明显减少，应是各人都已知道我即将离穗的消息吧。

8月28日夜，见对河楼屋失火小焚。夜是这么的静，那烟，那火，那手忙脚乱，似与我无关。真的人生如此隔膜，就如此刻的隔岸观火。

明天是我的农历生日，除了远在北京的母亲，恐怕再无第二人记得。半百之人。

暴风雨后转晴。难得如此清静无事的一周,既少信件,又少来人。即将离开,心情是否也变得轻松?连我自己都不知道。未来,是有广平在旁,但两人同行究竟如何,谁知道?

回想起这一年来的境遇,有时实在觉得有味。在厦门,是到时静悄悄,后来大热闹;在广东,是到时大热闹,后来静悄悄。肚大两头尖,像一个橄榄。我如有作品,题这名目是最好的,可惜被郭沫若先生先占用去了。但好在我也没有作品了。

15. 我恐怖了

天气晴好，又逢中秋，即将离穗，日日"无事"，闷？喜？与外界基本断了信件来往，文章倒又作了几篇。与某些特定的时日拉开距离，也许正是回想反思的时候。

其实很闲，当然很闲。但我的不发议论是很久了，去年夏天决定的，预定的沉默期是两年。

时光对我这半老的人来说已是不大重要，有时反把它当作儿戏。但这种沉默在离开厦门的时候已经有所改变。这改变说来太烦，不说也罢。仅就近来的原因而言，可以说是因为：我恐怖了。

恐怖的原因如下：

一种妄想破灭了。至今为止，时时有一种乐观，以为压迫、杀戮青年的大概是老人。这种老人渐渐死去，中国总可比较的有生气。现在我知道不然了，杀戮青年的，似乎倒大概是青年，而且对于别个的不能再造的生命和青春，更无顾惜。我看不见这出戏的收场。

另外，我发现自己是一个……是什么呢？一时定不出名目。我曾经说过：中国历来是排着吃人的筵宴，有吃的，有被吃的。被吃的也曾吃的。被吃的也曾吃人，正吃的也会被吃。终于发现，我自己也帮助排着筵宴。弄清了老实而不幸的青年的脑子和弄敏了他的感觉，只不过使他万一遭灾时来尝加倍的苦痛，同时给憎恶他的人们赏玩这较灵的苦痛，得到格外的享乐。

所以，我觉得无话可说。

如果是和陈源教授之流开玩笑罢，那是容易的，然而无聊。他们其实至多也不过是吃半只虾或呷几口醉虾的醋。但听说他们也来革命了，不成问题了，都革命了，浩浩荡荡。

应该遭罪的反而是我这先前弄"刀笔"的。

先前的攻击社会其实也是无聊的，"救救孩子"之类议论的空洞连我都觉得了。但你试着攻击一下社会一分子陈源之类，怕是死无葬身之地了。我之攻击四万万之社会而得以偷生，是因为他们大多数不识字，然而，我的话如一箭之入海。

我救助自己的还是老法子：一是麻痹，二是忘却。一面挣扎着，在还想以后淡下去的"淡淡的血痕中"看见一点东西，誊在纸片上。

想起了一些人一些事。比如，赐我恶谥"世故老人"的高长虹，比之郑振铎的"醉眼朦胧的酒鬼"、郭沫若的"双重封建余孽"还要刺伤我的心。他所说的在生活上对我的"让步"——"月亮"，这真有点百口莫辩。如同我给他选编了一本文章，他在报上却说我将他最好的几篇都选掉了，是妒贤嫉能。气急败坏可以理解，"月亮"毕竟是我的了。

中秋之夜，璧月澄照，佳人在侧，灯下抒怀，有久违的畅快。

但还有一些无形的更巨大的存在。各地寄我的杂志就有许多没有收到。在哪里丢失了呢？北京，天津，上海，广州？我以为大约各处都有。至于不见的原因，那可是不得而知。

16. 最后一星期

忽然间有了凉意，秋天似乎在一夜之间降临广州。整理行装，准备离去。太古船公司的罢工基本结束。到上海去，政界、教界都没劲，也许只剩下卖文为生了，只是要苦了广平。给静农及霁野寄了近照，交代他们也可转给罗尔斯卡娅，作完《阿Q正传》的插图后，她准备雕我的半身像。

时光的确过得快，漂流了两省，幻梦醒了不少，现在是糊糊涂涂。

今年不大写东西，给《莽原》写得尤其少。我自己明白这原因。说起来极可笑，就因为纸张。有时有一点杂感，仔细一看，觉得没什么大意思，不要去填黑了那么洁白的纸，便废然而止。头脑里是如此荒芜，浅陋，空虚。

于是，我一个人在厦门时是吃柚子，在广州时也经常是一个人吃荔枝，后来是杨桃。

现在要走了，再次地离开，当然多少还是有一些向往的，在路上的向往；然而也开始莫名地感伤，似乎自己又遗弃了自己的一部分在这里，无法带走，或者说自己遗弃了自己的一部分不知在哪里，无法带走。

我会怀念广州吗？怀念大钟楼、白云楼？直到我离开广州，我所知道的一点广州话除了一、二、三等数目外，只有一句凡"外江佬"都会的Hanba-ran（统统）和一句骂人的话Tiu-na-ma（丢你妈）而已。

除此之外，广州在我的印象中有些索漠。当初我是抱着梦幻而来，但一遇到实际，便被从梦境放逐了。哪一次不是如此？

即便广州，究竟也是中国的一部分，虽然有奇异花果，语言自成系统，但实际是和我走过的别处都差不多的。如果说中国是一幅画，各处图样并无不同，差异的只在所用的颜色。黄河以北的几省，是黄色和灰色，江浙是淡墨和淡绿，厦门是淡红和灰色，广州是深绿和深红。

刚到广州时，确也感到一点小康的。前几年在北方，常常看见迫压党人，看见捕杀青年，到广州好像都看不见了。后来才悟到这不过是"奉旨革命"的假象，在梦中时确实是有些舒服的。但经过目睹"打倒反革命"的事实，舒服的梦早就破了。

也只有在即将离开广州或已经离开广州以后，我才敢放胆说一些这样的话。压抑已久，如鲠在喉。

在广州的最后一星期，天气由阴转晴，时有暴风雨，暴风雨后天地间神清气朗。

来广州时是一个人，离开广州时有广平同行，这是唯一的安慰。

瑞典探险家斯文·赫定托半农、静农询问，是否可提名我为诺贝尔文学奖候选人。我考虑了几天，觉得还是不提为好。以前的创作都是短篇，即使在目前的中国算得上好，在世界范围内也未必算得了好。各种名目和桂冠何其多矣，何必把自己树成一个更鲜明的靶子？而且，不创作已久，此后能否创作、是否有心机创作，还是未知之数。倘不创作，便对不起人，倘再创作，未尝不因此变成奉命文学，一无可观了。还是照旧没有奖的好吧。

静农兄：

九月十七日来信收到了，请你转致半农先生，我感谢他的好意，为我，为中国。但我很抱歉，我不愿意如此。

诺贝尔赏金，梁启超自然不配，我也不配，要拿这钱，还欠努力。世界上比我好的作家何限，他们得不到。你看我译的那本《小约翰》，我哪里做得出来，然而这作者就没有得到。

或者我所便宜的，是我是中国人，靠着这"中国"两个字罢，那么，与陈焕章在美国做《孔门理财学》而得博士无异了，自己也觉得可笑。

我觉得中国实在还没有可得诺贝尔赏金的人，瑞典最好是不要理我们，谁也不给。倘由我的不配而从此不再给人，这是我对于中国的好处。得奖的人一多，即难免含有中国已有作家及作品之意，则此事易长中国人的虚荣心，以为真可与别国大作家比肩了，结果将很坏。

我眼前所见的依然黑暗，有些疲倦，有些颓唐，此后能否创作，尚在不可知之数。倘这事由我而活动起来，人、事两面都须敷衍，于我很不相宜，我以至今一事无成，也正是不擅于此等事故之故。还是照旧的没人知道而穷之为好罢。

这是冗长的没有名誉而穷之故辩。

来信说未名社出版物，在这里有信，但我并不多。像去年郭沫若辈所办的创造社，今年上半年是肩时髦的，去年郭沫若辈到南洋去，今年大概戴季陶辈阔得难行了一时，那时广东正大寨，我也叫他上奏章，要不是数到一拍，而调才好，我也讲师上奏章革命，必谈讨老党而排在旁边孤的。

这几日学校开了，作事多许，不数次。

迅 上
九月二十五日

静农兄：

九月十七日来信收到了。谢你对敌生农先生我感谢他的好意，为我，为中国。但我很抱歉，我不願意如此。諾貝尔奖金，梁啟超自然不配，我也不配，要拿这钱，還欠努力。世界上比我好的作家何限，他们得不到。你看我译的那本东西，那里还做得出来，然而这作者就没有得到。

或者我可便宜的，是我是中国人，靠着"中国"两个字罢了，那么，与陈焕章在美国做了"孔門理财学"而得博士，同是一样的好笑。

我觉得中國黃老还没有万得（？）先生那样的人，瑞典最好是不要理我们，誰也不给。倘因为黄色脸皮人，格外優

17. 又是海上

9月27日下午,偕广平登上太古公司的"山东"船,廖立峨到码头相送。广州似乎一直都是这种淡淡的表情,不卑不亢,与我的脾气倒有几分相宜。

天上有云,珠江上照样船来船往。虽然是夏秋之季,江面上的风带着潮湿的新鲜,令人警醒。

风撩起广平的秀发,她默默地注视着江面远去的广州的方向,她的家。她似乎有点欣然,但也或许有点惆怅。两岸的芭蕉树茂盛,南方的妇女背着小孩戴着斗笠正在为家操劳着,而她却是离开家……

当天夜里船就到了香港，天气晴好起来。

第二天午后，茶房匆匆跑来了，用手招我道："查关！开箱子去！"我拿了钥匙，走进统舱，看见两个穿深绿色制服的英属同胞，手执铁棍签，在行李箱旁站着。我告诉他们，这里面都是些旧书，但他们并不理会，冷冷地要求我打开。两个茶房帮忙我把行李箱打开，但他们却是相当粗鲁，把箱子里的东西都倒出来，胡乱翻搅，包着纸的就将纸撕破。看这阵势，我问他们是否可以适可而止，其中一个检查员低声开价要十元钱，我还价两元，他继续捣乱，并减价到七元，我还价到五元，两边再不相让。

看热闹的人围成一堆，书散乱一地，一直拆到第八箱为止。我仔细一看，剩余的两箱书都是孙伏园的，呵呵，怪不得说他是"福将"！

我正在捡拾乱书，茶房又到舱口叫我，说是检查员到我房舱去了。果然，房舱的床上铺盖已被掀乱，一个凳子躺在被铺上。我一进门，就被搜身，拿起我皮夹里的两张十元钞票看一看，交回给我。

"你给我们十块钱，我们不搜查你了。"一个同胞一面搜衣箱，一面说。

……　……

经过一番扰攘，船又开动了，全船围观者都安静下来，该睡的睡，该吃的吃，失去了刚才的热闹生气。

广平也有点累了，在休息。

茶房过来和我闲话。"你生得太瘦了，他疑心你是贩鸦片的。"他说。

我实在有些愕然。瘦，矮，穷，都可以是一种罪。

秀才遇到兵。但秀才遇到秀才难道就有道理可讲？香港多少比内地文明一些是确定的吧，但文明何尝不可以是一种退步？

船继续呜呜呜地向前航行，向着未知的前方……

1927年10月4日，到达上海的第二天，鲁迅和友人合影。前排右起：鲁迅、许广平、周建人，后排右起：孙伏园、林语堂、孙福熙

鲁迅生平简表

- 0岁 1881年9月25日,出生于浙江绍兴城内东昌坊新台门周家。小名阿张,取名樟寿,字豫山。
- 6岁 1887年,改字豫亭,后又改字豫才。
- 11岁 1892年,入三味书屋读书。
- 12岁 1893年,祖父周福清因科场弊案下狱,父亲周伯宜重病,全家避难于乡下。
- 15岁 1896年,父亲周伯宜去世。
- 17岁 1898年5月,考入江南水师学堂,改名周树人。

18岁　1899年，转入江南陆师学堂附设矿务铁路学堂学矿务。

21岁　1902年1月，从矿路学堂毕业。3月，赴日本公费留学。4月，入弘文学院普通科江南班（日语学习速成班）。

22岁　1903年，剪辫。

23岁　1904年4月，于弘文学院结业。6月，祖父周福清病逝，享年68岁。9月，入仙台医学专门学校（现日本东北大学）。

25岁　1906年1月，课间观"日俄战争教育片"，深受刺激，决定弃医从文。6月，将学籍列入"东京独逸语协会"所设的德语学校。夏秋间，回国与朱安结婚。旋即复赴日本，7月，从仙台回到东京，专门从事文艺译著工作。

27岁　1908年，跟从章太炎先生学习，并与二弟作人译《域外小说集》。

28岁　1909年8月，归国，赴杭州任浙江两级师范学堂生理学和化学教员，兼任日本教员翻译。

29岁　1910年8月，任绍兴府中学堂教员兼监学。

30岁　1911年，出任浙江山会初级师范学堂监督。写出个人唯一一篇文言小说《怀旧》。

31岁　1912年，中华民国临时政府成立于南京，2月任教育部社会教育司第一科科长。5月任北京中华民国政府教育部部员，8月被任命为教育部佥事。

37岁　1918年1月，参加《新青年》改组，任编委。5月，以"鲁迅"为笔名发表白话短篇小说《狂人日记》，发表在《新青年》第四卷第五号。

39岁　1920年，在北京大学、北京高等师范学校讲授中国小说史。

42岁　1923年8月，小说集《呐喊》出版；与弟弟周作人失和。

45岁　1926年8月，小说集《彷徨》出版，赴厦门大学任国文系教授。12月辞职。

46岁　● 1927年1月，离开厦门赴广州中山大学任教。

1927年鲁迅在粤行踪

1月16日 ● 中午乘"苏州号"轮船从厦门出发。

1月17日 ● 中午船抵达香港。

1月18日 ● 早晨船从香港出发，午后抵达广州黄埔，雇小船到长堤，住在宾兴旅馆。晚上到高第街许家访许广平。

1月19日 ● 在孙伏园、许广平帮助下，移入文明路中山大学大钟楼。午后天晴，逛街市。

1月20日 ● 下午许广平来访，和许广平、孙伏园到荟芳园夜餐。晚上看电影。

1月21日 ● 上午许广平来邀午饭，孙伏园同往。下午游小北，在小北园晚餐。

1月22日 ● 上午钟敬文、梁式、饶超华来访。黄尊生来访。和孙伏园、许广平到别有春夜饭，又往陆园喝茶。晚上在中大看

1927年扩建的广州小北路

海珠公园位于今广州沿江西路新堤一横路附近，原址为珠江上的巨型岩礁——海珠石。1931年扩筑新堤，海珠石被炸削沉埋地下，海珠公园自此湮灭

	电影。
1月23日	午后梁匡平等来邀至大观园喝茶，又同往世界语会，出至宝光照相。夜和孙伏园一起看电影《一朵蔷薇》。
1月24日	许广平来，赠土鲮鱼四尾。和许广平、孙伏园到妙奇香夜饭。
1月25日	下午参加中大学生会欢迎会。
1月26日	午后往医科大学欢迎会讲演半小时，至东郊花园小坐。去朱家骅寓所夜餐。
1月27日	下午赴社会科学研究会演说。游海珠公园。
1月28日	收本月薪水小洋及库券各二百五十。
1月29日	晚同孙伏园至大兴公司浴，在国民饭店夜餐。
1月30日	午后许广平来，赠土鲮鱼六尾。
1月31日	晚上和孙伏园、许广平逛街。
2月1日	夜往朱家骅寓所夜饭。
2月2日	许广平来，赠食品四种。

大新公司（即今南方大厦，位于长堤，九楼是亚洲酒店）

2月4日	上午同廖立峨等游毓秀山，午后脚受伤，坐车归。
2月10日	被任命为文学系主任兼教务主任，开第一次教务会议。
2月12日	上午开文科教授会议。
2月15日	午后开第二次教务会议。
2月17日	夜出宿上海旅馆。
2月18日	与叶少泉、苏秋宝、申君及许广平乘小汽船抵香港，寓青年会，夜演说《无声之中国》。
2月19日	下午演说《老调子已经唱完》。
2月20日	午后回到中大。和许广平、许寿裳到一景酒家晚餐。
2月21日	和许寿裳、许广平到国民餐店夜餐。
2月22日	和许寿裳、许广平至陆园喝茶，到大观茶店夜餐。
2月23日	和许寿裳、许广平去街市夜餐。
2月24日	赴文科教授会。
2月25日	开第四次教务会议。

2月26日	●	和许寿裳、许广平到国民餐店夜餐。
2月27日	●	午后钟敬文来。和许寿裳、许广平、许月平到福来居午餐,又往大新公司喝茶及买杂物。夜饭于松花馆。
3月1日	●	中山大学举行开学典礼,演说十分钟。晚上和许广平到陆园喝茶。
3月2日	●	晚上和许寿裳、许广平到夜市喝茶。
3月5日	●	谢玉生等七人从厦门来,同至福来居夜饭,并邀傅斯年、许寿裳、许广平、林霖。
3月6日	●	和许寿裳、许月平、许广平到国民餐店午餐。下午去中央公园。
3月7日	●	晚上和谢玉生、廖立峨、许寿裳、许广平看电影。
3月9日	●	收到2月薪水500元。
3月11日	●	午后开第五次教务会议。梁君度、钟敬文来。晚往孙中山先生逝世两周年纪念会演说。和许寿裳、许广平到陆园

	喝茶。
3月12日	上午参加孙中山先生逝世两周年纪念典礼。
3月13日	上午和许寿裳、许广平拜访傅斯年,在东方饭店吃午饭。
3月16日	上午午后和许寿裳、许广平到白云路白云楼看屋,付定金十元。往商务印书馆访徐少眉。往珠江冰店夜餐。到拱北楼喝茶。
3月18日	午后和许寿裳、许广平到陶陶居喝茶,在中原书店买书,晚上在晋华斋吃饭。
3月20日	和许寿裳、许广平等去国民餐店夜餐。到国民电影院看电影。
3月21日	和许寿裳、许广平、许月平到永汉戏院看电影《十诫》。
3月23日	晚上看电影。
3月25日	开教务会议。位于芳草街的北新书屋开业。
3月26日	和许寿裳、许广平到陆园喝茶。

中央公园（今人民公园）

拱北楼（旧址大致在今北京路中段广州百货公司门口，现已不存）

3月27日	拜访刘侃元，赠送《彷徨》一本，在其寓所夜饭，同座六人。
3月29日	上午到岭南大学演讲十分钟，下午移居白云楼二十六号二楼。
3月31日	下午开中大组织委员会，捐十元钱给社会科学研究会。
4月1日	江绍原来，同至福来居夜餐，并邀傅斯年、许寿裳、许广平。
4月3日	写完《眉间尺》。
4月8日	晚上到黄埔军校演讲。
4月9日	下午收到三月薪水500元。
4月11日	和许广平一起到市立师校演说，因训育未毕，出来逛街，买一元茶叶。
4月13日	捐十元钱给社会科学研究会。
4月14日	黄彦远、叶少泉及二学生来访，同至陆园喝茶，并邀江绍原、许广平。
4月15日	国民党在广州开始公开反共"清党"，到中大参加各主任紧急会议。

4月16日	下午捐十元钱慰问被捕学生。
4月19日	晚上江绍原邀饭于八景饭店,及许寿裳、许广平。晚上逛书店。朱家骅来访。失眠。
4月22日	上午文科学生代表四人来,不见。许广平邀至北门外田野游玩,并江绍原、许寿裳,在宝汉茶店午饭。在新北园晚餐。晚上朱家骅来。
4月24日	中午许寿裳邀饭于美洲饭店,并江绍原、许广平、许月平。下午逛旧书店,买书六种。
4月25日	午后到商务印书馆汇钱。
4月29日	上午寄中山大学委员会信并退还聘书,辞一切职务。下午朱家骅来。得中山大学委员会信并聘书。
4月30日	下午收上海北新书局所寄书籍三十二包,又未名社者计八包。
5月2日	开始整理《小约翰》译稿。

5月3日	●	寄中山大学委员会信并还聘书。午后和许寿裳、许广平游沙面,在前田洋行买小玩具一组。至安乐园吃雪糕。
5月4日	●	午后和许广平到街上买纸,遇江绍原,一起到陆园喝茶。
5月5日	●	黎仲丹招饮于南园,和许寿裳同往,同座九人。
5月9日	●	沈鹏飞来,不见,放下中大委员会信及聘书离去。
5月11日	●	上午寄中山大学委员会信并还聘书。
5月20日	●	收中大4月薪水250元。
5月24日	●	晚上收到中大委员会信。
5月25日	●	上午复中大委员会信。
5月26日	●	下午《小约翰》本文整理完毕。
5月29日	●	下午译《小约翰》序文完毕。
5月30日	●	收北新书局船运书籍十一捆。
5月31日	●	作《小约翰》序文。
6月5日	●	许寿裳辞职北归。

二十世纪二三十年代，广州永汉北路（今北京路北段）财厅前，右边是太平馆西餐厅

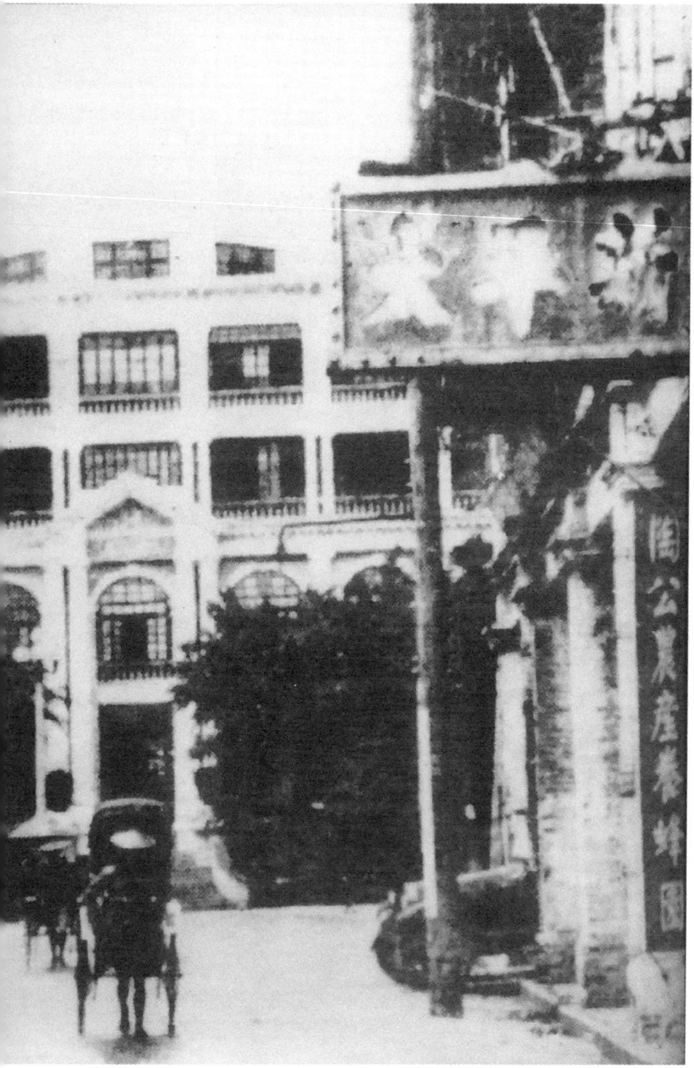
陶公農產養蜂園

6月6日	上午得中大委员会信,允辞职。廖立峨来,赠周作人的《自己的园地》一本。
6月23日	晨睡中盗潜入,窃一表而去。
6月30日	收中山大学五月薪水500元。
7月2日	下午托许广平买闹钟一口,五元四角。
7月16日	上午和许广平到街上买草帽一顶,然后到美利权食冰酪,到太平分馆午餐。午后到知用中学讲演一个半小时。
7月23日	上午蒋径三、陈次二来邀至学术讲演会讲二小时。午同蒋径三、许广平到山泉喝茶。午后逛街,买《文学周报》四本。
7月26日	上午往学术讲演会讲二小时。中午到美利权买食品四种,到永华药房买药物四种。到商务印书馆买书。
8月1日	午后复顾颉刚信。
8月2日	晚上和许广平、许月平去高第街看七夕

	供物，到晋华斋晚饭。
8月11日	午后和许广平到前鉴街警察四区分署取迁入证。到西堤买药，在亚洲酒店夜餐。
8月13日	下午和许广平到共和书局商量移交书籍。在登云阁买书。
8月14日	张襄武同其夫人许东平及儿子来，买来酒菜一同晚餐。
8月15日	上午至芳草街北新书屋将书籍点交于共和书局，何春才、陈延进、廖立峨、许广平相助，后同往妙奇香午饭。
8月19日	下午和何春才、廖立峨、许广平到西关图明馆照相，出至在山茶店喝茶。
8月22日	终日编次《唐宋传奇集》，撰写札记。
8月23日	仍作《传奇集》札记。
8月24日	仍作《传奇集》札记。
9月7日	上午廖立峨、汉华买鸡鱼豚菜来，做饭同午餐。

1927年9月,鲁迅、许广平在离开广州前,与中山大学图书管理员蒋径三(右)合影

9月10日	●	夜纂《唐宋传奇集》略具,作序例毕。
9月11日	●	下午和蒋径三、许广平往艳芳照相,在商业书店买书。
9月15日	●	作杂论数则。
9月18日	●	开始整理行李。
9月24日	●	和许广平往西堤广鸿安旅店问船期,往商务印书馆汇钱。去位于昌兴街的创造社买书。
9月27日	●	中午和许广平从广鸿安旅店运行李上太古公司"山东"船,廖立峨相送。下午船从广州出发。
9月28日	●	船停泊香港。
9月29日	●	船从香港出发。
9月30日	●	午前船抵达汕头,下午启航。
10月3日	●	午后船抵达上海。
48岁	●	1929年9月27日,许广平诞下一子,鲁迅为其取名"海婴"。

49岁　●　1930年3月2日，出席中国左翼作家联盟成立大会，被选为常务委员。

55岁　●　1936年10月19日上午5时25分，因病逝世。

鲁迅
广州足迹图

白云楼

岭南大学
（今中山大学南校区）

黄埔军校